剣客春秋親子草

面影に立つ

鳥羽　亮

JN267071

幻冬舎時代小説文庫

剣客春秋親子草

面影《おもかげ》に立《た》つ

【主な登場人物】

千坂彦四郎《ちさかひこしろう》――一刀流《いっとうりゅう》千坂道場の道場主。若い頃は放蕩《ほうとう》息子であったが、千坂藤兵衛と出逢い、剣の道を歩む。藤兵衛の愛娘《まなむすめ》・里美と世帯をもち、千坂道場を受け継ぐ。

里美《さとみ》――父・藤兵衛に憧れ、幼いころから剣術に励み、「千坂道場の女剣士」と呼ばれた。彦四郎と結ばれ、一女の母となる。

千坂藤兵衛《とうべえ》――千坂道場の創始者にして一刀流の達人。早くに妻を亡くし、父娘の二人暮らしを続けていたが、縁あって彦四郎の実母・由江と夫婦《めおと》となる。

由江《よしえ》――料亭「華村《はなむら》」の女将《おかみ》。北町奉行と理無《わりな》い仲となり、彦四郎をもうける。

目次

第一章　刺客

1

「遅くなったな。すこし急ぐか」

前園栄三郎《まえぞのえいざぶろう》が、足を速めながら池谷精助《いけたにせいすけ》に声をかけた。

「暗くなる前に、帰りたいからな」

池谷も足を速めた。

ふたりは神田《かんだ》豊島町《としまちょう》にある千坂《ちさか》道場での稽古《けいこ》を終え、家に帰る途中だった。

まだ、暮れ六ツ（午後六時）までには間があったが、曇天のせいもあって町筋は夕暮れ時のように薄暗かった。

千坂道場の主《あるじ》は、千坂彦四郎《ひこしろう》。一刀流、中西派の遣い手である。道場の稽古は朝の稽古が中心で、午後は八ツ半（午後三時）から一刻（二時間）ほどとなっていたが、門弟の自由にまかされていた。稽古時間もはっきりしたものではなく、都合のよいときに来てよいということになっている。

前園と池谷は午後の稽古がすこし伸び、道場を出たのが、七ツ半（午後五時）を過ぎてしまった。

ふたりは、豊島町の町筋を柳原通りにむかって歩いていた。柳原通りは、神田川沿いにつづいている。

前園と池谷は出羽国島中藩《でわのくにしまなかはん》、七万石の江戸勤番の藩士だった。ふたりは愛宕下《あたごした》にある上屋敷ではなく、神田平永町にある町宿《ちようしゆく》に住んでいた。

町宿は藩邸に入りきれなくなった藩士が、市井の借家などに住むことである。

ふたりが柳原通りの近くまで来たとき、暮れ六ツの鐘が鳴った。淡い夕闇が通りをつつんでいる。

ふたりは柳原通りに出た。土手には柳が植えられていた。享保《きようほう》のころ、八代将軍、吉宗が柳原の地名にちなんで、柳を植えさせたといわれている。

柳原通りは浅草御門から筋違《すじかい》御門までつづいており、日中は大勢の老若男女が行き交っているのだが、いまは人影もすくなかった。ときおり、仕事帰りに一杯ひっかけた職人や夜鷹《よたか》そばなどが、通りかかるだけである。通り沿いに並んでいる古着を売る床店《とこみせ》も店仕舞《みせじま》いし、葦簀《よしず》がまわしてあった。

しばらく歩くと、前方に神田川にかかる和泉橋が見えてきた。淡い夕闇のなかに、黒ずんだ橋梁が辺りを圧するように横たわっている。

「池谷、柳の陰にだれかいるぞ」

前園が指差して言った。

橋の手前の柳の樹陰に人影があった。ふたりいる。いずれも武士らしく、袴《はかま》姿で二刀を帯びているのが見てとれた。

「辻斬《つじぎ》りではあるまいな」

池谷が、顔をこわばらせて言った。

「ふたりで辻斬りをするとは思えんな」

前園は足をとめなかった。

池谷も、柳の陰のふたりに目をやりながら歩いていく。

前園たちが橋のたもとに近付いたとき、樹陰にいたふたりの武士が通りに姿をあらわした。ひとりは六尺はあろうかという巨軀《きょく》で、もうひとりは中背だった。ふたりとも、小袖にたっつけ袴で、草鞋《わらじ》履きである。

ふたりは、小走りに前園たちの前にまわり込んできた。

「おれたちに、何か用か」

前園が足をとめて訊《き》いた。

「一手、所望いたす」

巨軀の武士が、野太い声で言った。歳《とし》は三十がらみであろうか。眉《まゆ》が濃く、赤ら顔で、ギョロリとした大きな目をしていた。胸が厚く、どっしりとした腰をしている。

「一手、所望だと！」

前園が驚いたような顔をして聞き返した。

「いかにも」

巨軀の武士が、刀の柄《つか》に右手を添えた。

すると、もうひとりの中背の武士も、左手で刀の鍔元《つばもと》を握って鯉口《こいぐち》を切った。

「わ、われらは、うぬらと勝負するつもりはない」

前園が声をつまらせて言い、巨軀の武士の脇をすり抜けようとした。

池谷も、前に立った中背の武士の脇から小走りに前に出ようとしたが、中背の武士が前にまわり込んで行く手をふさいだ。

巨軀の武士は、前園の前に立ちふさがり、

「ならば、おぬしを斬るだけだ」

言いざま、抜刀した。

ギラリ、と淡い夕闇のなかに刀身がひかった。刀身が三尺ちかくある長刀だった。しかも、反りがすくなく、切っ先が通常の刀より細いように見えた。

……両刃か！

前園は、武士の手にした刀の峰《みね》の切っ先の部分にも刃がついているのを目にした。

前園は慌てて後じさった。顔が恐怖でこわばっている。

「逃がさぬ！」

巨軀の武士は、すばやい動きで前園との間合をつめてきた。巨軀だが、動きは敏《びん》捷《しょう》である。

……やるしかない！

前園は、足をとめて刀を抜いた。

池谷も、中背の武士と相対して抜刀した。逃げられないとみたようだ。

前園は青眼《せいがん》に構え、切っ先を巨軀の武士にむけた。顔がこわばり、切っ先が小刻みに震えている。恐怖と興奮で、体に力が入っているのだ。前園は道場で稽古を積んでいたが、真剣での勝負は初めてである。

対する巨軀の武士は、青眼に構えた後、刀身を引いて切っ先を右手にむけた。刀身が真横をむいている。

「なんだ、この構えは！」

思わず、前園が声を上げた。

見たこともない奇妙な構えだった。刀の高さは八相《はっそう》と脇構《わきがま》えの間ぐらいで、刀身が真横をむいている。しかも、巨軀の武士は腰を沈めていた。そのまま、刀を大きく横に払うような構えである。

……面《めん》ががらあきだ！

と、前園はみた。

だが、面へ斬り込めば、巨軀の武士に胴を払われる。相手が長刀のため、前園の切っ先が面にとどく前に胴を斬られるだろう。

前園は青眼に構えたまま動けなかった。

「いくぞ！」

巨軀の武士が間合を狭めてきた。

ズッ、ズッ、と巨軀の武士の足元で音がした。腰を沈めたまま、摺《す》り足で身を寄せてきた。横に伸びた長刀が銀色《しろがねいろ》にひかり、夕闇を切り裂いて迫ってくる。

前園は青眼に構えたまま後じさった。巨軀の武士は、同じ間合を保ったまま身を寄せてくる。

ふいに、前園の動きがとまった。踵《かかと》が、通りの端の叢《くさむら》にかかっている。これ以上下がれない。叢の後ろは、すぐに土手になっていた。

巨軀の武士は、一足一刀の斬撃《ざんげき》の間境《まざかい》に迫ってきた。全身に気勢がこもり、斬撃の気が高まっている。その構えには、巨岩が迫ってくるような威圧感があった。

前園の腰が浮き、剣尖《けんせん》が高くなった。

刹那《せつな》、巨軀の武士の全身に斬撃の気がはしった。

イヤアッ！

裂帛《れっぱく》の気合とともに、巨軀が躍動した。

刹那、閃光《せんこう》が真横にはしった。刃唸《はうな》りをたてて、巨軀の武士の長刀が、前園の胴を襲う。

咄嗟《とっさ》に、前園は一歩身を引いた。日頃、剣術の稽古をしているせいであろう。体が反射的に動いたのである。

前園は巨軀の武士の切っ先が腹をかすめた瞬間、

……面があいている！

と感知し、刀を振り上げて真っ向に斬り込もうとした。

一瞬、視界の隅で閃光が反転したように見えた。次の瞬間、かすかな刃音が聞こえ、前園の首が横にかしいだ。

血が、前園の首から音をたてて噴出した。前園の意識があったのは、そこまでである。

前園は腰から沈むように転倒した。悲鳴も呻《うめ》き声も上げなかった。伏臥《ふくが》した前園の首から噴出する血の音が、聞こえるだけである。

「たわいもない……」

そうつぶやいた後、巨軀の武士は、中背の武士に目をむけた。

池谷は中背の武士と向かい合っていた。池谷は、前園が血を撒《ま》きながら倒れるのを目にすると、恐怖に駆られ、反転して逃げようとした。

中背の武士は、池谷が反転しようとして切っ先を反らせた一瞬の隙《すき》をついて踏み込み、袈裟《けさ》に斬り下ろした。すばやい太刀《たち》捌《さば》きである。

池谷は肩から胸にかけて斬り下げられ、血飛沫《ちしぶき》を上げながら倒れた。地面に俯《うつぶ》せに倒れた池谷は頭を擡《もた》げ、身をよじりながら苦しげな呻き声を上げた。

すると、中背の武士が池谷の脇に立ち、切っ先を池谷の背にむけて突き刺した。とどめを刺したのである。

グッ、という呻き声を上げ、池谷は上体を反らせたが、すぐに地面に伏臥したまま動かなくなった。

中背の武士が刀身を引き抜くと、池谷の背から血が奔騰《ほんとう》した。切っ先が心ノ臓を突き刺したらしい。

「まずは、ふたりか……」

中背の武士が、つぶやいた。

「これからだな」

巨軀の武士が低い声で言った。

前園と池谷の死体は、樹陰の深い夕闇につつまれていた。近くを通りかかった者がいても、死体に気付かないかもしれない。

ふたりの武士は、横たわっている前園と池谷の袂《たもと》で血刀を拭《ふ》くと、ゆっくりと納刀して歩きだした。

2

千坂道場のなかに、気合と床を踏む音がひびいていた。稽古着姿の若い門弟が十人ほど木刀で素振《すぶ》りをしている。

若い門弟たちは、朝の稽古が始まる五ツ（午前八時）より早く来て、木刀の素振りを始めたのだ。稽古前の体慣らしと、筋力をつけるためである。

千坂道場の通常の稽古は、朝五ツから四ツ半（午前十一時）ごろまでとされていた。

門弟たちが居並んだ隅に、ちいさな女児《おんなのこ》がひとりいた。道場主、千坂彦四郎の愛娘、お花《はな》である。

お花は、門弟たちと同じように短袴《たんばかま》の股《もも》だちを取り、ヤッ！　ヤッ！　と気合を発しながら、懸命に木刀を振っていた。お花が手にしているのは、彦四郎がお花のために作ってやった二尺ほどの細くて短い木刀である。

お花は、七歳（数え歳）だった。芥子坊《けしぼう》を銀杏髷《いちょうまげ》に結わず、長く伸びた髪を後ろで束ねている。髪も衣装も女児らしいものではなかったが、それでも可愛かった。お花のふっくらした色白の頬《ほお》が朱を刷《は》いたように赤らみ、黒眸《くろめ》がちの目がかがやいている。

お花の背後に、母親の里美《さとみ》が立っていた。里美は慈しむような目で、お花を見つめている。里美も木刀を手にしていた。さきほどまで、お花のそばでいっしょに素振りをしていたのだ。

里美は、二十代半ばだった。丸髷を小さめに結っていたが、白鉢巻きで汗止めをし、襷《たすき》で小袖の両袖を絞っていた。里美はお花が生まれる前までは、丸髪も結わず、髪を無造作に後ろで束ね、紺の刺子《さしこ》の筒袖《つつそで》に黒袴の股だちをとって男と同じ扮装《いでたち》で稽古をしていたが、いまは丸髷を結い、小袖のままだった。そのため、稽古といってもお花の相手をするだけである。

里美は、武家の妻らしく眉を剃《そ》ったり、鉄漿《かね》をつけたりしなかった。里美は道場主の娘に生まれ、幼いころから道場を遊び場として門弟たちのなかで育ったせいか、化粧や鉄漿をつけたりすることを好まなかった。

お花も、里美と似た境遇に生まれた。母親と同じように道場主の娘として生まれ、道場を遊び場として育ってきたのだ。お花が道場に来ては竹刀《しない》や木刀を振ったり、若い門弟たちと戯れたりするのは自然の成り行きだったのかもしれない。

父親で道場主の彦四郎は、師範座所に座して門弟やお花の素振りに目をやっていた。まだ、彦四郎は小袖に袴姿だった。稽古の始まるころになり、門弟たちが集まってくれば、稽古着に着替えるつもりである。

そのとき、戸口に慌ただしそうな足音がひびき、門弟の若林信次郎《わかばやししんじろう》と佐原欽平《さはらきんぺい》が道場に飛び込んできた。何かあったらしく、道場まで走ってきたようだ。ふたりとも顔が紅潮し、荒い息を吐いている。

素振りをしていた門弟たちは、若林と佐原の様子を見て木刀を下ろし、慌てて身を引いた。

お花も驚いたような顔をして、里美のそばに走り寄った。

彦四郎は師範座所から道場に出て、

「どうした？」

と、若林と佐原に訊いた。

「お、お師匠、大変です！……ま、前園どのと、池谷どのが……」

若林が声をつまらせて言った。

「前園と池谷が、どうしたのだ」

「こ、殺されました」

池谷のそばにいた佐原が、声を上げた。

「殺されたと!?」

思わず、彦四郎が聞き返した。

道場内にいた若い門弟たちは息を呑《の》んで、若林と佐原を見つめている。

「はい、ふたりとも、血塗《ちまみ》れになって――」

若林が口早にしゃべったことによると、和泉橋の近くの柳のそばに前園と池谷が血に染まって倒れているという。

「ともかく、行ってみよう」

彦四郎は、集まっている門弟たちに、様子が分かるまでは騒がず、稽古をつづけるよう指示してから、里美を呼んだ。

「里美、永倉《ながくら》が来たら、和泉橋まで来るよう伝えてくれ」

永倉平八郎《へいはちろう》は、千坂道場の師範代だった。朝の稽古が始まるまでに、道場に来るはずである。

「分かりました」

里美が、緊張した面持ちで言った。

里美の脇に立っているお花は木刀を握りしめ、目を瞠《みひら》いて彦四郎を見上げている。その目に、不安そうな色があった。お花も、両親のやり取りから難事が起こったのを察知したらしい。

彦四郎は若林と佐原に目をやり、いっしょに来てくれ、と言って、道場から急ぎ足で出た。

豊島町の通りから、柳原通りに出ると、

「こっちです」

と、若林が言い、佐原とふたりで先に立った。

彦四郎たち三人は、小走りに柳原通りを筋違御門の方にむかった。しばらく歩くと、前方に神田川にかかる和泉橋が見えてきた。

「お師匠、あそこです」

若林が前方を指差した。

橋のたもとの路傍《ろぼう》に人だかりができていた。通りすがりの者が多いようだったが、武士や八丁堀同心らしい男の姿もあった。八丁堀同心は小袖を着流し、羽織の裾を帯に挟む巻き羽織と呼ばれる独特の恰好《かっこう》をしているので、それと知れるのだ。

「瀬川《せがわ》どのもいます」

佐原が言った。

瀬川達之助《たつのすけ》も千坂道場の門弟で、殺された前園たちと同じ島中藩士だった。前園と池谷が殺されたことを耳にして、駆け付けたのかもしれない。

彦四郎たちが人垣のそばまで来ると、瀬川が、

「お師匠、ここへ」

と言って、すこし身を引いた。

瀬川の顔がこわばり、悲痛の翳《かげ》がおおっていた。瀬川は二十代半ば、大柄でがっちりした体付きをしている。眉が濃く、眼光が鋭かった。千坂道場のなかでも遣い手のひとりである。

彦四郎たちは、人だかりを分けるようにして瀬川に近付いた。

3

「お師匠、これを……」

瀬川が足元を指差した。

地面に武士がひとり、俯せに倒れていた。上半身のまわりの地面が、どす黒い血に染まっている。

「前園です」

瀬川が震えを帯びた声で言った。

倒れている前園のそばに、太刀が落ちていた。前園のものである。前園は下手人と闘ったらしい。

「首を斬られたか……」

倒れている前園の首から顎《あご》にかけて血に染まっていた。

彦四郎は前園の肩先をつかんで、身を起こしてみた。前園の首は深く抉《えぐ》られ、傷口から頸骨《けいこつ》が覗いている。

前園は顔をゆがめ、カッと目を瞠いたまま死んでいた。首からの出血は激しかったらしく、着物がどっぷりと血を吸っている。

「首を一太刀か」

前園の傷は、首の他にないようだった。下手人は、一太刀で前園を仕留めたとみていい。

「瀬川、池谷も斬られたそうだな」

彦四郎が訊いた。

「あそこです」

瀬川が橋のたもとに近い路傍を指差した。そこにも、人だかりができていた。八丁堀同心らしい男の姿もある。

「見てみよう」

彦四郎は、人だかりに近付いた。瀬川がつづき、若林と佐原もついてきた。

年配の八丁堀同心の足元に、武士がひとり俯せに倒れていた。池谷らしい。

池谷の背が血に染まっていた。小袖が二寸ほど裂け、そのまわりがどっぷりと血を吸っていた。背後から、刀で突き刺されたのであろう。

彦四郎たちが、倒れている池谷に目をやっていると、

「そこもとは？」

と、同心が訊いた。

「千坂道場の者でござる。……この者は、門弟です」

彦四郎が小声で言った。

「豊島町の千坂道場でござるか」

同心が訊いた。どうやら、千坂道場を知っているようだ。

「そうです」

「むこうで倒れている御仁も、門弟でござるか」

「いかにも」

彦四郎が言うと、脇にいた瀬川が、

「殺されたふたりは、江戸詰めの者です。道場での稽古を終えて帰る途中、何者かにここで斬られたらしい」

と、口をはさんだ。瀬川は、藩名を言わなかった。藩の恥になると思ったのかもしれない。

「さようでござるか。……して、懐《ふところ》の物を盗られていますか」

同心が、丁寧な物言いで訊いた。相手が武士なので、気を使ったらしい。

すぐに、瀬川が池谷の肩をつかんで身を起こし、懐に手を差し入れて財布を取り出した。

「盗られた物はないようです」

瀬川が言った。

彦四郎は、瀬川が池谷の肩先をつかんで身を起こしたとき、池谷が肩から胸にかけて斬られているのを目にした。

……池谷は袈裟に斬られている。

と、彦四郎はみた。

おそらく、池谷は何者かに袈裟に斬られ、俯せに倒れたところを背後から刀で心ノ臓を突かれ、とどめを刺されたのだ。

とすると、池谷と前園は別の者に斬られたことになる。下手人はふたり以上いたようである。

「そうですか。……ならば、町方の出番はないな」

同心は、つぶやくような声で言った。

幕臣や藩士は、町奉行所の支配外である。斬られたふたりが藩士であり、斬った相手が辻斬りや追剝《おいは》ぎの類《たぐい》でなければ、町奉行所の同心が事件にかかわることはないのだ。

同心が身を引くと、彦四郎は、

「ふたりを住居《すまい》まで運んでやりたいが、どうかな」

と、瀬川に訊いた。無残な死体を人通りの多い柳原通りに放置して、人目に晒《さら》しておくわけにいかなかった。

「お師匠、お願いします」

瀬川が、彦四郎に頭を下げた。

彦四郎が瀬川とそんなやり取りをしているところに、師範代の永倉平八郎が駆けつけた。

永倉は、陸奥国畠江藩《むつのくにはたえはん》の江戸勤番の藩士だった。前園や瀬川たちと同じように町宿に住み、千坂道場に通っている。門弟のなかでは出色の遣い手で、彦四郎が義父の千坂藤兵衛《とうべえ》から道場を継いだおり、永倉に師範代を頼んだのである。

永倉は三十がらみ、眉が濃く、大きな鼻をしていた。偉丈夫で胸が厚く、どっしりと腰が据わっている。熊のような大男だが、丸い目に愛嬌《あいきょう》があり、悪餓鬼をそのまま大人にしたような顔をしていた。

「前園と池谷が、斬られたそうだな」

永倉が、荒い息を吐きながら訊いた。急いで来たせいか、顔が紅潮して赭黒《あかぐろ》く染まっていた。

「昨日、道場からの帰りに斬られたようだ」

彦四郎が言った。

「何者が、ふたりを斬ったのだ」

永倉が怒りの色をあらわにした。

彦四郎は、前園と池谷の傷の様子と、下手人はふたり以上らしいことなどを話した。

「分からん」

「何者か知らぬが、ふたりの敵《かたき》を討ってやらんとな」

永倉が瀬川に目をむけながら言うと、

「はい、そのためには、まず、ふたりを斬った者をつきとめねばなりません」

瀬川が顔をきびしくして言った。

それから、彦四郎は永倉と瀬川に相談し、いったん道場に帰り、門弟たちの手も借りて、戸板で前園と池谷の死体を町宿まで運ぶことにした。

4

前園と池谷が殺された五日後の早朝、千坂道場に六人の男女が集まっていた。彦四郎、永倉、島中藩士で門弟の瀬川、坂井順之助《さかいじゅんのすけ》、それに里美とお花である。

彦四郎たちは、これから島中藩の下屋敷まで剣術指南に行くところだった。下屋敷は、赤坂にある。

彦四郎は、島中藩の剣術指南役でもあった。指南役といっても、島中藩の家臣として扶持《ふち》を得ているわけではなく、ときおり相応の手当を支給されるだけである。剣術指南も、月に四、五度、下屋敷に出向き、島中藩の嗣子《しし》である長太郎《ちょうたろう》に剣術指南をし、希望する門弟たちに稽古をつけるだけだった。

彦四郎が島中藩の剣術指南をするようになったのは、それなりの理由があった。藩主の木暮《こぐれ》土佐守《とさのかみ》直親《なおちか》には、ふたりの子がいた。嗣子の長太郎十三歳と長女の清《きよ》姫《ひめ》七歳である。

直親は、長太郎のことをひどく心配していた。幼いころから病気がちであった上に奥で育ったこともあって、ひどく軟弱で女のようになよなよしていた。

このままでは、長太郎が島中藩を継ぐことはできない、とみた直親は、長太郎に武芸の稽古をさせようと思いたった。

そこで、藩邸に剣術指南役をむかえ、家臣たちといっしょに長太郎に剣術の稽古をさせようと考えたのだ。

直親は、指南役にだれをむかえるか迷った。重臣たちのなかに、一刀流と鬼斎流《きさいりゅう》を推挙する者がいたからである。

島中藩の城下には一刀流の道場があり、そこで修行した者が多かった。それに、江戸勤番の家臣のなかには、いまも江戸市中にある一刀流の道場に通っている者もいた。瀬川や坂井たちがそうである。

ただ、島中藩の城下には一刀流だけでなく、鬼斎流の道場もあった。家臣のなかには、鬼斎流を修行した者もいて、藩の指南役を鬼斎流から迎えるよう直親に働きかける者もいたのだ。

鬼斎流は、島中藩の領内だけにひろまっている流派である。寛永のころ、鬼斎なる法師が廻国修行のおりに島中藩の領内に立ち寄り、山岳の地に籠《こも》って修行し、開眼した流派だという。

鬼斎流の道場では剣のほかに、槍《やり》、鎖鎌《くさりがま》、柔術なども指南していた。また、門弟は藩士だけでなく、領内の郷士《ごうし》や猟師などの子弟も多かった。

指南役をだれにするか迷った直親は、まず家臣たちから名の上がった一刀流の道場主を藩邸に呼び、御前試合をさせて腕のほどや人柄を見ようとした。御前試合といっても、遺恨を残さないように、道場主と家臣の希望者との間で、稽古として試合をさせたのである。

千坂道場には、瀬川や坂井などが門弟として通っていることもあり、彦四郎も藩邸に呼ばれることになった。

直親は、家臣から千坂道場のことを聞いたおり、里美とお花のことも耳にしたようだ。……七つの女児が剣術の稽古をしているのを見たら、長太郎も剣術に対して恐怖や怯《おび》えをもたずに、稽古ができるのではないか。

と考えた直親は、藩邸に里美とお花も呼んで稽古をさせた。

直親の思惑どおり、長太郎は、お花の稽古を見て乗り気になり、自分でやりたいと言い出した。

さらに、直親は彦四郎の腕も確かとみて、指南役に千坂道場の彦四郎を選んだ。そうした経緯《いきさつ》があって、里美とお花も藩邸に来て、長太郎といっしょに稽古をするようになったのである。

「そろそろ、まいろうか」

彦四郎が永倉や里美たちに声をかけ、道場から出た。

彦四郎たちは町筋を日本橋にむかい、東海道に出ると、南に足をむけた。京橋を経て汐留川《しおどめがわ》にかかる芝口橋を渡ると、すぐに右手におれ、川沿いの道を西にむかった。しばらく歩くと、彦四郎たちは溜池《ためいけ》沿いに出た。

お花は大人たちと長い時間歩くのは無理で、ときおり彦四郎や永倉が背負ってやった。お花は、彦四郎や永倉の背ではしゃいでいた。父母といっしょに遠出するのが楽しいらしい。

彦四郎たちは溜池沿いの道をいっとき歩いてから、左手の道に入った。その道は、桐畑のなかにつづいていた。桐畑を抜けると辺りが急にひらけ、通り沿いには大名屋敷が並んでいた。

彦四郎たちは、島中藩の下屋敷の長屋門の前で足をとめた。下屋敷なので、それほど大きな屋敷ではなかった。

門前で、山口依之助《やまぐちよりのすけ》と黒田又七郎《くろだまたしちろう》が待っていた。ふたりは、彦四郎が藩の指南役になってから、千坂道場に入門した島中藩士である。彦四郎たちが指南のために下屋敷に来るおりに、門前で出迎えることが多かった。

「お師匠、お待ちしておりました」

こちらから、お入りくださいと年嵩《としかさ》の山口が言って、彦四郎たちを門扉の脇のくぐりから門内に案内した。

屋敷の玄関の前で、初老の武士が待っていた。側役《そばやく》の松波吉右衛門《まつなみよしえもん》である。島中藩の側役は、藩主に近侍し、所用を果たす役である。松波は丸顔で目が細かった。笑みを浮かべた顔は、いかにも好々爺《こうこうや》といった感じがする。

彦四郎は松波と挨拶をかわした後、

「土佐守さまは、お見えでございますか」

と、訊いた。

長太郎が剣術の稽古を始めた当初、藩主の直親は上屋敷から下屋敷に出向いて稽古の様子を見ていたが、ちかごろは安心したのか、姿を見せないこともあった。

「はい、本日はお見えです」

松波が細い目をさらに細めて言った。

「さァ、お入りくだされ」

松波が先にたって、彦四郎たちを玄関に近いいつもの客間に通した。

彦四郎たちが客間に腰を落ち着けると、すぐに奥女中たちが茶菓を運んできた。

そして、留守居役《るすいやく》の結城又左衛門《ゆうきまたざえもん》が姿を見せた。結城は、彦四郎たちが指南役になるおり、家中の重臣たちの間に立って尽力してくれたひとりである。

結城は彦四郎たちが茶を喫して、一休みをするのを待ってから、

「前園と池谷が、何者かに斬殺されたようだが……」

と、急に声をひそめて言った。

結城と松波の顔を、憂慮の翳がおおっている。彦四郎をはじめ千坂道場の者たちも、険しい顔をして松波と結城に目をむけた。

「すでに、瀬川たちからお聞き及びと存じますが、それがしからもあらためてお話しいたします」

彦四郎はそう前置きし、前園と池谷が午後の稽古を終えて道場を出た後、町宿にもどる途中で何者かに斬殺されたことを話した。

「ふたりを斬った者は、辻斬りでござるか」

結城が小声で訊いた。

「辻斬りや追剝ぎの類とは、思えません」

彦四郎が、殺されたふたりの懐に財布が残っていたこと、それに町方も辻斬りや

追剝ぎの犯行ではないとみて、下手人の探索をしていないことなどを話した。

「いったい何者が……」

結城が視線を膝先《ひざさき》に落としてつぶやいた。

「下手人はふたり以上で、腕のたつ者とみておりますが、まったく見当もつきませぬ」

彦四郎が言った。

「うむ……」

結城は苦渋に顔をしかめて虚空を睨《にら》むように見すえていたが、

「こうしてはおられぬ。若も、そろそろ支度をされて稽古場に立たれるころでござる。千坂どのたちも、支度していただけようか」

と、慌てた様子で言った。

「承知しました」

彦四郎たちは、すぐに立ち上がった。

男たちはその客間で着替え、里美とお花は、近くにある別の座敷で着替えることになっていた。

5

彦四郎たちは稽古着に着替え、防具と剣袋《けんぶくろ》を手にして中庭に出た。剣袋のなかには、竹刀と木刀が入っている。

お花と里美は、稽古着姿で剣袋だけを持っていた。お花は、まだ防具をつけての稽古はできなかったのだ。

「今日の稽古は、何人ほどですか」

彦四郎が訊いた。

「いつものように、三十人ほどでしょうか」

「そうですか」

見ると、稽古場に藩士たちが立ったまま居並んでいた。

稽古場といっても、中庭の一角を掃き清め、砂を撒いただけである。その稽古場の両脇に茣蓙《ござ》が敷かれ、藩士たちの防具や木刀などが置かれていた。

藩士たちはいずれも襷で両袖を絞り、袴の股だちを取っていた。竹刀や木刀を手にし、竹胴を付けている者もいる。

藩士たちは彦四郎たちの姿を見ると、私語をやめて列を正した。

里美とお花は、稽古場の手前で彦四郎たちと別れ、屋敷の方に足をむけた。藩士たちの稽古場から五、六間離れた屋敷の縁側に近い場所に、白い幔幕《まんまく》が張られていた。そのなかが、長太郎とお花たちの稽古場である。

まだ、長太郎は藩士たちといっしょに稽古をすることはできないので、別にしたのである。木刀の素振り、構え、足捌き、打ち込みなどができるようになれば、門弟たちと同じ場所で稽古ができるだろう。

里美とお花には、松波が同行した。

「殿も、見えられるはずです」

松波が笑みを浮かべて言った。

ちかごろ、直親は家臣たちの稽古を見ることはなく、長太郎の稽古を見るだけだった。

幔幕は、縁側に面した一角をかこむように張られていた。稽古場のひろさは、七間四方ほどである。当初は、五間四方ほどしかなかったが、打ち込みのおりに、長太郎が広範囲に動くようになり、すこしひろげてもらったのだ。地面が綺麗に掃き清められ、砂が撒かれている。

まだ、稽古場に長太郎は来ていなかった。

縁側の奥は書院になっていたが、そこにも人影はなかった。直親は書院から長太郎の稽古を見るはずである。

「長太郎さまがいない」

お花が稽古場に目をやって言った。

「若は、すぐ見えられます」

松波がそういったとき、話し声と足音が聞こえた。長太郎と、御付きの小姓らしい。坪内松之助《つぼうちまつのすけ》という長太郎より三つ年上の小姓で、長太郎の稽古の手助けをしている。

幔幕があき、長太郎と坪内が姿を見せた。長太郎は稽古着に短袴姿で、木刀と竹刀を手にしていた。木刀も竹刀も、長太郎用に短く作ってある。

長太郎は、白足袋《しろたび》を履いていた。足を痛めないように、里美が松波に話して履かせたものだ。

坪内は防具を脇に抱えていた。長太郎の相手をするとき、実際に面や胴などを打たせるためである。

長太郎は色白で、ほっそりしていた。いかにも、ひ弱そうである。ただ、剣術の稽古を始める前までは前屈《まえかが》みで、顎を突き出すように歩くことが多かったが、ちかごろは姿勢がよくなり、背筋を伸ばして歩くようになった。里美が竹刀の素振りや構えを教えるとき、背筋を伸ばすよう指導しているからであろう。

「師匠、今日の稽古は?」

長太郎は、里美のことを師匠と呼んでいた。女であるが、里美は長太郎にとって師匠なのである。ただ、家臣たちといっしょに稽古ができるようになれば、彦四郎があらたな師匠になるはずである。

「長太郎さま、今日は打ち込みの稽古です」

里美が言った。

「面や胴に打ち込むのだな」

長太郎が目をかがやかせて言った。

「その前に、素振りや構えの稽古をします」

「分かった」

長太郎がうなずいた。

そんなやり取りをしていると、書院で畳を踏む音が聞こえた。

見ると、直親が江戸家老の浦沢三郎左衛門《うらさわさぶろうざえもん》を連れて書院に入ってきた。ふたりの背後には、小姓の姿もあった。正室の萩江《はぎえ》と清姫は連れてこなかったらしい。

浦沢は初老だった。痩身長軀《そうしんちょうく》で、すこし背が丸まっている。武芸などには縁のなさそうな体付きだが、細い双眸《そうぼう》には能吏らしい鋭いひかりが宿っていた。

直親は縁側に近い場所に膝を折ると、

「ふたりとも、遠路大儀であったな」

と、里美とお花に目をむけて声をかけた。

直親は羽織に小紋の小袖姿だった。下屋敷ということもあって、くつろいだ恰好をしている。直親は四十がらみ、恰幅がよく、丸顔で細い目をしていた。温厚そうな顔である。

里美とお花は縁先に進み出ると、片膝をついて頭を下げた。お花の動きはぎこちなかったが、すでに何度も直親の前に出ているので、里美が声をかけなくともできるようになっていた。

「今日は、どのような稽古かな」

直親が訊いた。

すると、里美のそばに立っていた長太郎が、

「打ち込み稽古です」

と、答えた。顔がひきしまっている。やる気になっているようだ。

「そうか、打ち込み稽古か」

直親が目を細めてうなずいた。

「花もいっしょにやります」

お花が、声を上げた。

「そうか、そうか。……花どの、頼むぞ」

直親が相好《そうごう》をくずした。

「……若、稽古場へ」

松波が背後から声をかけた。

里美たちは立ち上がり、直親に一礼してから長太郎とともに稽古場にむかった。

6

「まず、素振りからです」

里美が、長太郎とお花に言った。

「はい」

長太郎はすぐに竹刀を手にし、素振りを始めた。

ヤッ、ヤッ、と短い気合を発し、足を前後に動かしながら竹刀を真っ向に振り下ろす。

長太郎と並んで、お花と小姓の坪内も竹刀を振り始めた。坪内は剣術の心得があり、姿勢がよく太刀筋も真っ直ぐだった。

「長太郎さま、手の内を絞って」

里美が声をかけた。

竹刀を振り下ろすとき両手で絞るようにすると、太刀筋が真っ直ぐになり、姿勢もよくなる。さらに、うまく手の内で絞れるようになると、竹刀を途中でとめることもできるのだ。

長太郎は里美に言われたとおり、懸命に両手を絞って竹刀を振り下ろす。気性はおだやかで、素直である。

長太郎といっしょに竹刀を振っているお花も、意識して手の内を絞っている。

里美は長太郎の顔が紅潮し、すこし息が荒くなってきたのを見ると、

「それまで！」

と、声をかけた。

里美は、長太郎やお花に無理をさせなかった。体の動きや息の乱れなどを見ながら、早めに稽古をやめさせる。子供に無理をさせると、姿勢や太刀筋を乱し、体を壊すことがあるのだ。荒稽古が必要なのは、体ができてからである。

「次は、何をする？」

長太郎が訊いた。

「打ち込みです」

「面へ、打ち込むのか」

すでに、長太郎は面や籠手《こて》に打ち込む稽古をしていた。

「まず面からです。……今日は、すこし遠間《とおま》から打ち込みます」

里美が、お花にも聞こえる声で言った。

「はい」

長太郎とお花が、いっしょに声を上げた。

「いつものように、竹刀を相手の面とみて打ち込みますよ」

そう言って、里美は竹刀を横に差し出し、里美の目ほどの高さにとった。長太郎の頭頂ほどの高さである。

「いつもより、二間ほど後ろから、摺り足で間合に入って打ちます。……坪内どの、やって見せてください」

「心得ました」

坪内は、里美の手にした竹刀から三間ほど間合をとった。

坪内は青眼に構えると、まいります！　と声を上げ、すばやい摺り足で踏み込み、一足一刀の間合に踏み込むと、メーン！　という気合を発し、里美の手にした竹刀に打ち込んだ。坪内はかなり稽古を積んでいるらしく、見事な打ち込みだった。

「長太郎さま、花、坪内どのと同じように打つのです」

里美が声をかけた。

「はい!」

先に、里美の竹刀を前にして立ったのは、長太郎だった。お花は、長太郎の後ろについている。

長太郎は、まいります! と声を上げ、摺り足で身を寄せてきた。足運びが遅く、構えも崩れているが、打ち込みの間合まで来ると、メーン、という気合を発し、踏み込んで里美の竹刀を打った。

「いい打ち込みです! 長太郎さま、もっと大きく踏み込むと、さらによくなりますよ」

すかさず、里美が声をかけた。

「はい!」

長太郎が顔をひきしめて応《こた》えた。

「次は、花です」

つづいて、お花が打ち込んだ。

女児とは思えない見事な打ち込みだった。お花は、千坂道場で門弟たちに交じって同じ打ち込み稽古をしていたのである。

長太郎、お花、坪内の三人は、しばらく竹刀を打つ稽古をつづけた。里美が坪内をくわえたのは、長太郎とお花だけではすぐ順番がくるので、すこし間をとるためである。

里美は、長太郎とお花の息が乱れてきたところで、

「それまで！」

と、声をかけた。

里美は、長太郎とお花をそばに呼び、

「次は、敵の面を打ちますよ。鍔で、相手を打つようなつもりで、思いきって飛び込むのです」

と、ふたりを見つめながら言った。

「はい！」

長太郎が、昂《たかぶ》った声を上げた。実際に相手の面を打つのは初めてであった。お花も、顔をひきしめていた。里美を相手に一度あるだけだったのである。

「坪内どの、相手をしてください」

「承知しました」

坪内は面と籠手をつけると、竹刀を手にして稽古場のなかほどに立った。

「わたしが、打ち込んでみます。長太郎さまと花は、見ていて——」

「はい！」

長太郎とお花は身を引いて、里美から間をとった。

里美は竹刀を手にして、坪内と相対した。構えはふたりとも青眼である。

ふたりは切っ先をむけ合ったまま動かなかったが、坪内が、スッと竹刀を脇に下ろした。

瞬間、里美は、メーン！　と鋭い声を発し、飛び込みざま坪内の面を打ち、そのまま坪内の脇を摺り足で通りぬけた。里美は、坪内が竹刀を脇に下げて面をあけた瞬間をとらえて打ったのである。

里美は坪内の前から身を引くと、

「次は、長太郎さまの番です」

と、長太郎に声をかけた。

すぐに、長太郎は坪内の前に立ち、竹刀を青眼に構えた。張り切り過ぎて体に力が入っているらしく、竹刀の先が小刻みに震えている。

　坪内も青眼に構え、切っ先を合わせた。

　いっとき、ふたりは切っ先を向け合っていたが、坪内が、スッと竹刀を脇に下げて、面をあけた。

　一瞬、長太郎は戸惑うように竹刀の先を揺らしたが、メーン、と声を上げざま、坪内の面に打ち込んだ。

　竹刀の先が面鉄《めんがね》に当たり、ガチッと音をたてた。長太郎は、そのまま坪内の脇を摺り足で進んだ。

「いい打ち込みです。……長太郎さま、もっと大きく踏み込むと、さらによくなりますよ」

　すかさず、里美が声をかけた。

「はい！」

　長太郎が、声を上げた。声に、いつになく強いひびきがあった。腹から出た声である。

「次は、花です」

里美の声で、お花が長太郎と同じように打ち込んだ。

「花も、よかったですよ。……もう一度」

里美に言われ、お花はすぐに長太郎の後ろについた。

里美は、お花と長太郎を競い合わせて伸ばそうとしているのだ。

そうやって、長太郎とお花に立ったままの坪内の面を打たせていたが、里美は、

「次は、動きながら打ちます」

と言って、坪内に前後左右に動いてもらった。

長太郎とお花は交互に坪内の前に立ち、坪内の動きに合わせて自分も動き、坪内が竹刀を脇に下ろした瞬間をとらえて面を打った。より実戦的な打ち込みである。

小半刻（三十分）ほどすると、ふたりの顔に汗が浮き、顎が上がってきた。ふたりで交替しての打ち込みだが、動きながらなのでかなりの体力を使う。

「それまで！」

里美が声をかけた。

「今日の稽古は、これまでにしましょう。……ふたりとも、だいぶよくなりましたよ」

里美は、長太郎とお花を褒めてから竹刀を下ろさせた。

里美、長太郎、お花、坪内の四人で、ゆっくりと素振りをして呼吸をととのえてから竹刀を収めた。

里美とお花が、直親の前に片膝をついて頭を下げると、

「ご苦労であったな。……長太郎も、見る度に腕をあげているようだ。ふたりの稽古のお蔭だな」

直親が満足そうに言った。

直親の脇に座していた浦沢はちいさくうなずいただけで、何も言わなかった。その顔に憂慮の翳《かげ》があった。

7

一方、中庭の稽古場では、千坂一門と藩士たちの稽古がつづいていた。

すでに、一刀流の型稽古を終え、面、籠手、胴の防具をつけた地稽古《じげいこ》がおこなわれていた。千坂道場では、防具をつけて竹刀で実戦さながらに打ち合う稽古を地稽

古と呼んでいる。

彦四郎と永倉も、稽古場に出て藩士たちを相手に竹刀で打ち合っていた。いっとき打ち合うと次の相手と交替して稽古をつづける。

半刻（一時間）ほど地稽古がつづいたところで、

「やめ！」

と、永倉が声を上げた。

型稽古につづいての地稽古なので藩士たちも疲れ、体の動きや太刀捌きがにぶくなっていた。なかには、稽古場の隅に身を引いて、喘《あえ》ぎ声を上げている者もいる。

永倉の声で、彦四郎や藩士たちは竹刀を引き、一礼した後それぞれの控えの場所にもどった。控えの場所といっても、稽古場の隅に茣蓙が敷かれているだけである。

彦四郎や藩士たちは、面、籠手をとり、あらためて稽古場に集まった。そして、彦四郎から今日の稽古について簡単な言葉があった後、稽古にくわわった藩士の代表が、礼の言葉を述べて、今日の稽古は終わった。

彦四郎たちが着替えの間にもどると、里美とお花、それに松波と浦沢の姿があった。松波と浦沢は、彦四郎たちがもどるのを待っていたようだ。

彦四郎たちが稽古の様子を松波と浦沢に話していると、奥女中が茶菓を運んできた。

いっとき、茶を喫した後、

「千坂どのたちの耳に入れておきたいことがありましてな。お待ちしていたのです」

松波が、声をひそめて言った。

「前園と池谷の件でござる。……ふたりを斬殺した者は、わが藩にかかわりのある者とみております」

松波と浦沢の顔がけわしくなっている。

「…………」

彦四郎は、ちいさくうなずいた。彦四郎にも、前園たちを斬った者は、島中藩士ではないかという思いがあったのである。

次に口をひらく者がなく、いっとき座敷は静寂につつまれていた。お花だけが、菓子を頰ばっている。

「……松波から話してくれ」

浦沢が低い声で言った。

「実は、鬼斎流一門に不穏な動きがあるのだ」

そう前置きして、松波が話し始めた。

江戸勤番の藩士のなかには鬼斎流一門の者もかなりいて、一刀流である彦四郎を指南役にむかえ、藩邸内で一刀流の稽古だけがおこなわれていることに不満をもっているという。

そうした藩士たちは、側用人で鬼斎流一門のなかでは出世頭の田代忠次《たしろただつぐ》の許《もと》にひそかに集まり、何か画策しているらしいという。

「目付筋《めつけすじ》の者が、鬼斎流一門の者に目を配っていてな。そうした動きが分かったのだ」

松波が言った。

「……………」

彦四郎は、田代忠次をはじめ鬼斎流一門の者たちが一刀流に反感を持っていることを知っていた。

彦四郎が指南役に決まる前、鬼斎流の者たちは、指南役を鬼斎流から出すよう藩主の直親や重臣たちに働きかけた。ところが、千坂道場に決まりそうになると、彦四郎だけでなく里美やお花の命まで奪おうとして、刺客たちに襲わせたのだ。

彦四郎は瀬川たちとともに、そうした鬼斎流一門の刺客たちと闘い、討ち果たして今日に至っている。

「菊池《きくち》と池田《いけだ》は、江戸にいるのでござるか」

永倉が訊いた。

菊池弥五郎《やごろう》と池田宗一郎《そういちろう》は江戸勤番の藩士だが、鬼斎流一門として彦四郎たちの襲撃にくわわったのである。

ふたりは襲撃に失敗した後、逃走し、その後の行方が分からなかった。

「ふたりは江戸にいるらしいが、所在は分からぬ」

松波が渋い顔で言った。

「すると、前園と池谷を襲ったのは、菊池と池田か」

永倉が訊いた。

「いや、池田たちではあるまい。……実は、国許の目付筋から、鬼斎流の遣い手がふたり出府《しゅっぷ》したとの知らせがあったのだ」

「鬼斎流の遣い手が江戸に……」

彦四郎が聞き返した。

「名は、渋沢道玄《しぶさわどうげん》と宇津桑十郎《うづそうじゅうろう》。……ふたりは、共に郷士らしい」

松波がふたりの名を出したことからみても、出府したのはまちがいないようだ。

「ふたりは、どのような剣を遣うのです」

彦四郎が訊いた。渋沢と宇津の遣う剣から、前園と池谷を斬った者かどうか分かるかもしれない。

「そこまでは分からぬが、鬼斎流一門のなかでも屈指の遣い手のようだ」

「……！」

はっきりしないが、前園たちを襲ったのは渋沢と宇津かもしれない、と彦四郎は思った。

「他にも、懸念がござる」

浦沢が言った。

「懸念とは」

その場にいた彦四郎や永倉たちの視線が、浦沢に集まった。

「国許には、梟組《ふくろうぐみ》と呼ばれる者たちがおるのだが……」

浦沢が声をひそめて言った。

「梟組とは」

永倉が身を乗り出すようにして訊いた。

「身分は横目付だが、表には姿をあらわさず、闇に身をひそめていることから梟組と呼ばれている。その梟組の者が、江戸にむかったらしいのだ」

浦沢によると、横目付や足軽、郷士などのなかから、変装、尾行、薬物、手裏剣、短弓などの特殊な術に長《た》けている者が集められ、身分は横目付だが、別に組織されているという。

「隠密か」

永倉が訊いた。

「隠密と似たような者たちだが……。表に出ず、陰で藩士たちの勤怠を探る目付筋と思ってもらいたい」

浦沢が言いにくそうな顔をした。家臣でない彦四郎たちに、島中藩の隠密が江戸に潜入したと思われたくないのだろう。

「何のために、梟組の者が出府したのです」

彦四郎が、声をあらためて訊いた。

「それが、出府の目的も人数も分からないのだ。……ただ、わしらが懸念している のは、梟組は鬼斎流との結び付きが強く、渋沢や宇津といっしょに江戸に出たのではないかとみているからだ」

浦沢の話では、鬼斎流の門弟は藩士だけでなく、郷士や猟師などの子弟も多く、しかも、道場では剣以外に槍、薙刀《なぎなた》、手裏剣なども指南することから、門弟だった者が梟組になることが多いという。

「梟組を支配している者は」

彦四郎は、梟組の支配している者が知れれば、出府した者の目的も知れるのではないかとみた。

「大目付でござる」

島中藩の大目付は国許にひとり、江戸にひとりいるという。大目付の直接の配下は目付組頭で、その下に徒《かち》目付と横目付、それに梟組がいる。ただ、横目付も梟組も国許にいるだけで、江戸にはいないそうだ。

横目付と梟組の主な仕事は、比較的身分の低い家臣たちの勤怠を探るとともに、領内で起こった事件の探索、それに、百姓、町人などの藩に対する反発や騒擾《そうじよう》、逃散《ちようさん》などの動きを探ることだという。梟組の者は、百姓や町人に化けてそうした動きのある地にもぐり込んで探るらしい。

「大目付どのなら、出府した梟組のことをご存じでは」

彦四郎が訊いた。

「それが、武井《たけい》どのも知らんのだ」

国許にいる大目付の名は武井市蔵《いちぞう》で、浦沢と年齢がちかいこともあって昵懇《じつこん》の間柄だという。その武井の話では、出府した梟組の人数も目的もはっきりしないそうだ。

「……梟組は、城下の町人地や聚落《しゆうらく》などに潜伏している者が多く、正体の知れぬ者もいるようなのだ」

「それにしても、名ぐらいは分かるのでは」

永倉が言った。

「梟組の組頭ははっきりしているが、その配下まで大目付が会うことはないのでな。

分からない者も、いるらしい」

浦沢によると、梟組の者のなかには、素性を隠すために別名を使っている者もいるという。

「それに、男だけでなく、女もいるようだ」

松波が言い添えた。

「女もいるのか」

彦四郎は、里美に目をやった。梟組のなかには、里美と同じように武芸に長じた女がいるのかもしれない。

第二章　襲撃

1

江戸家老、浦沢三郎左衛門が赤坂の下屋敷を留守居駕籠《かご》で出たのは、七ツ半（午後五時）ごろだった。

彦四郎たちが下屋敷を出た後、浦沢は藩主の直親の一行を見送り、それから半刻（一時間）ほどして、愛宕下にある上屋敷にむかって表門から出たのである。一行は十数人、駕籠を担ぐ陸尺《ろくしやく》と中間《ちゆうげん》の他に、警固の武士が七人いた。そのなかには、千坂道場の門弟でもある山口と黒田の姿もあった。

駕籠の警固は、いつもより厳重だった。藩士の前園と池谷が、何者かに襲われて斬殺されたこともあって用心したのである。

警固の武士は駕籠の先棒《さきぼう》の前に三人、後棒《あとぼう》のすぐ後ろにふたり、さらに駕籠の左右にふたりついた。

山口と黒田は千坂道場の門弟であることもあって腕がたつとみられ、駕籠の左右についたのである。

一行は、桐畑のなかの通りに入った。道沿いの人家が途絶え、人影が急にすくなくなった。ときおり、風呂敷包みを背負った行商人や大名家の家臣らしい武士などが、通りかかるだけである。

通りは、ひっそりとしていた。風もなく、大きな葉を茂らせた桐の深緑が、道の両側をつつんでいる。

「静かだな」

山口が桐畑に目をやりながら言った。

「ああ……」

黒田は落ち着きなく通りの先に目をやっている。人影もすくなく、静かなのがかえって気になるらしい。

駕籠の一行は、溜池沿いの道にむかって歩いていた。

しばらく歩くと、前方に溜池の水面《みなも》が見えてきた。西の空の残照を映して、淡い茜色《あかねいろ》に染まっている。

溜池の水面を目にし、山口の緊張がやわらいだ。溜池沿いの道に出れば、人通りもあり、襲われることはないと思ったからだ。

そのときだった。左手の桐畑のなかで、バサバサと音がした。見ると、三人の武士が桐の大きな葉を手で払いながら、通りに飛び出そうとしていた。いずれも、小袖にたっつけ袴で、茶の頭巾《ずきん》をかぶっている。

「襲撃だ！」

先棒の前にいた小山《こやま》という藩士が叫んだ。

「駕籠を守れ！」

山口が叫び、右手で刀の柄をつかんだ。

「右手からも、ふたり！」

駕籠の右手にいた黒田が叫び、抜刀した。

右手の桐畑のなかから、ふたりの武士が飛び出してきた。ふたりとも小袖にたっつけ袴、頭巾で顔を隠している。

先棒と後棒の前後にいた警固の武士が、ばらばらと駕籠の左右に駆け寄ってきた。

どの顔もこわばり、目をつり上げている。

中間と陸尺は恐怖で顔をひき攣《つ》らせ、その場に駕籠を下ろして逃げだそうとした。

「逃げれば、斬る！」

「このまま、溜池までつっ走れ！」

山口と黒田が叫んだ。

山口、黒田、小山、それに小河原《おがわら》の四人が、駕籠の左右に立ち、桐畑から飛び出してきた襲撃者たちに立ち向かった。

他の三人の警固の藩士は、駕籠の左右と後ろに立ち、「急げ！」「桐畑を抜けるのだ！」などと叫びながら、駕籠といっしょに動いた。

山口は、前に迫ってきた巨軀の武士に切っ先をむけた。頭巾の間から、ギョロリとした大きな目が、山口を睨むように見すえている。

巨軀の武士は、山口と三間半ほどの間合に迫ると足をとめて抜刀した。三尺はあろうかという長刀だった。

「な、何者だ！」

山口は誰何《すいか》しながら青眼に構え、切っ先を巨軀の武士にむけた。

恐怖と興奮で体が硬くなり、切っ先が震え、腰が浮いている。山口は真剣で斬り合った経験がなかった。こうした真剣での斬り合いは、道場での稽古とはちがうのだ。

「問答無用！」

巨軀の武士は青眼に構えた後、刀身を引いて、切っ先を右手にむけた。刀身が真横をむいている。

「…………！」

山口は後じさった。巨軀の武士の異様な構えに、圧倒されたのだ。

その場に残った山口たち四人に、桐畑から飛び出してきた三人が立ち向かい、他のふたりが駕籠を追った。

人数は山口たちの方がひとり多かったが、三人に押されていた。山口たち四人は恐怖で腰が浮き、体が顫《ふる》えている。

山口たち四人は、刀を前に突き出すように構えて後じさった。襲撃者の三人は、すばやい動きで間合をつめてくる。

小山が身を引いたとき、踵を何かにひっかけてよろめいた。

この一瞬の隙をとらえ、襲撃者のひとり、ずんぐりした体軀の武士が、
イヤァッ！

と、鋭い気合を発して斬り込んだ。

踏み込みざま袈裟へ——。

ザクリ、と小山の着物が肩から胸にかけて裂けた。小山は絶叫を上げて、身をのけ反らせた。あらわになった肌から、血が迸《ほとばし》り出ている。

小山の絶叫で、小河原が恐怖に駆られて我を失い、喉《のど》を裂くような悲鳴を上げて逃げだした。

襲撃者は小河原を追わず、黒田の左手から切っ先をむけた。黒田は正面に立っている長身の武士と、ずんぐりした体軀の武士を相手にすることになった。

このとき、巨軀の武士が、摺り足で山口に迫ってきた。すばやい寄り身である。

……このままでは、斬られる！

と察知した山口は、後じさりながら、

「黒田、逃げろ！」

叫びざま、反転した。

瞬間、巨軀の武士が踏み込みざま刀身を横一文字に払った。切っ先が、後ろをむいた山口の背を横に斬り裂いた。

背から血が噴いたが、山口は足をとめなかった。懸命に走った。斬られる、という恐怖が、山口に痛みを感じさせなかった。

ギャッ!

という絶叫を上げ、黒田がよろめいた。右腕がダラリと垂れている。長身の武士の一撃が、黒田の右腕を骨ごと斬り裂いたらしい。

長身の武士は俊敏な動きで黒田に迫ると、さらに袈裟に斬り込んだ。一瞬の太刀捌きである。

黒田の首がかしいだ瞬間、首から血飛沫が激しく飛び散った。

黒田は血を撒きながらよろめき、雑草に足をとられて転倒した。地面に俯せに倒れた黒田は四肢《しし》を痙攣《けいれん》させていたが、頭を擡げようともしなかった。

山口と小河原は、夢中で走った。後を追う襲撃者三人とは、半町近くの間があいている。

山口の傷は、それほどの深手ではないらしい。まだ、出血していたが、両腕は自在に動くし、痛みもたいしたことはなかった。

ふたりは、すぐに溜池沿いの通りに出た。

通りの先で、剣戟《けんげき》の音がひびき、白刃が交差し、気合や怒号が聞こえた。駕籠のまわりで、斬り合っている。警固の武士はふたりしかいなかった。ひとり、斬られたらしい。中間と陸尺の姿はなかった。逃げだしたようだ。

山口と小河原は、駕籠にむかって走った。小河原も浦沢の乗る駕籠を見て、いくぶん平静さをとりもどしたようである。

襲撃者のふたりが、後ろを振り返った。山口たちの足音に気付いたらしい。ふたりは驚いたような顔をし、慌てた様子で駕籠のそばから離れた。背後から迫ってくる山口たちと警固のふたりに挟み撃ちになるとみたらしい。

山口が駕籠に走り寄りさざま、

「ご家老は、どうなされた？」

と、警固のひとりに訊いた。

「駕籠のなかに！」

榎田《えのきだ》という警固のひとりが、ひき攣ったような声で叫んだ。頬を斬られたらしく、半顔が血に染まっている。

山口が駕籠のすだれ窓をあけた。

駕籠のなかに、浦沢の血の気のない顔が見えた。視線が揺れ、体が顫えている。

「ご、家老、お逃げください！」

山口が叫んだ。

「わ、分かった……」

浦沢は、転げ落ちるように駕籠から外に出た。体が顫えて立ち上がることもできない。

「榎田、狭山《さやま》、ご家老を！」

山口が叫ぶと、駕籠のそばにいた警固のふたりが走り寄り、浦沢の両腕をとって立ち上がらせた。狭山も警固のひとりである。

狭山と榎田が、浦沢を抱えるようにして逃げだした。その後ろから、山口と小河原も逃げた。

これを見た、駕籠から身を引いた襲撃者のふたりが、逃げる山口たちの後を追ってきた。さらに、ふたりの後ろから巨軀の武士たちが白刃を引っ提げて走ってくる。

山口たちが半町ほど走ったとき、前方から近付いてくる騎馬の武士が見えた。大《たい》身《しん》の旗本らしい。若党、家士、馬の口取り、挟み箱や槍を手にした中間など、二十人ほどの従者がいる。

「お助けください！」

山口が騎馬の前に走り出て叫んだ。

「何者！」

若党や家士たちが、山口の前に走り寄った。

「島中藩の者に、ございます！　追剝ぎらしき一党に、襲われました」

山口が叫ぶと、狭山たちも必死で助けを請うた。

騎上の武士は、山口たちの後を追ってくる者たちが頭巾をかぶっているのを目にし、追剝ぎと信じたらしく、

「この者たちを助けてやれ」

と、従者たちに声をかけた。

若党や家士七、八人が、後を追ってきた襲撃者たちの前に立ちふさがった。

襲撃者たちは、足をとめた。逡巡《しゅんじゅん》するような素振りを見せていたが、後から来た巨軀の武士が、

「引け！」

と、声をかけて反転した。

すると、他の四人も踵《きびす》を返して巨軀の武士の後を追った。

襲撃者たちの姿が遠ざかると、浦沢が騎馬の武士の脇に近付き、

「それがし、島中藩の者にございます。……お助けいただき、お礼申し上げまする」

と言って、深々と頭を下げた。

浦沢は、家老であることも名も口にしなかった。あまりにも無様な姿だったので、名乗れなかったのであろう。

「礼にはおよばぬ。われらはただ、行く手を阻む不逞《ふてい》の輩《やから》を追い払ったまでのこと」

騎馬の武士はそう言うと、従者たちに声をかけ、その場から離れていった。

「ご家老、ともかく、お屋敷へ」

山口は浦沢に声をかけ、すぐに藩邸にむかった。

襲撃者たちが、いつ引き返して来るか分からなかった。殺された警固の者たちのことは、藩邸にもどってからである。

2

朝の稽古が終わった後、彦四郎と永倉が道場で一刀流の型稽古をしていると、瀬川が近付いてきて、

「お師匠、松波さまと結城さまがおみえです」

と、彦四郎に身を寄せて言った。

すぐに、彦四郎は木刀を下ろし、

「道場に案内してくれ」

と、瀬川に言った。

彦四郎は、松波たちは殺された黒田のことで来たのではないかと思った。浦沢たちの一行が、赤坂の下屋敷から愛宕下の上屋敷に帰る途中、五人の武士に襲撃され、黒田が斬殺されたことを瀬川から聞いていたのだ。

浦沢は通りかかった大身の旗本に助けられたが、警固の藩士が三人斬殺され、手傷を負った者も何人かいるらしい。千坂道場の門弟の黒田も殺され、山口は背中を斬られて稽古には通えない状態だという。

彦四郎は、松波と結城が道場に姿を見せると、師範座所の前の床に膝を折った。道場内で話そうと思ったのだ。

永倉と瀬川も、彦四郎の脇に座った。

松波と結城は彦四郎と対座すると、

「稽古の邪魔だったかな」

松波が、彦四郎に目をむけて訊いた。

松波と結城の顔には、深い憂慮の翳《かげ》があった。やはり、浦沢が襲われ、黒田たちが殺された件で来たらしい。

「いえ、稽古を終えたところです」

彦四郎が言うと、永倉もうなずいた。

「おりいって、千坂どのに願いの筋があってまいったのだ」

松波が低い声で言った。

「どのようなことでしょうか」

「ご家老が下屋敷から帰られる途中、溜池のそばで襲われたことは、ご存じでござろう」

「瀬川から聞いています」

彦四郎が言うと、永倉もうなずいた。

「襲った者は五人……。生き残った山口の話だと、いずれも遣い手だったとか」

松波が、警固の藩士は七人いたが、襲撃者五人に太刀打ちできなかったという。警固の藩士は三人斬殺されたが、襲撃者で落命した者はいないそうだ。

「それで、襲った者たちは何者です」

彦四郎が訊いた。

「それが、分からんのだ」

松波が顔をしかめた。

「追剝ぎの類とは、思えませんが」

「わが藩にかかわりのある者にまちがいあるまい」

結城が言った。

「鬼斎流の渋沢、宇津なる遣い手がふたり、出府したと聞きましたが」

彦四郎は、五人のなかに渋沢と宇津もいたのではないかと思った。

「われらも、渋沢と宇津がくわわっていたとみている」

「襲撃した五人が狙ったのは、黒田と山口では――」

彦四郎が、訊いた。

警固にいた黒田が斬られ、山口も手傷を負っていた。襲撃者たちの狙いは、千坂道場の門弟である黒田と山口だったのかもしれない、と彦四郎は思っていたのだ。

「いや、五人の狙いは御家老だ」

松波によると、警固についていた者たちの話から、襲撃した五人は執拗《しつよう》に浦沢の乗る駕籠を追ってきたという。

そのとき、黙って話を聞いていた永倉が、

「なぜ、御家老の命を狙うのです」

と、顔をけわしくして訊いた。

「われらにも、御家老を狙う目的は分からぬ。……ただ、梟組の者が出府したことからみても、鬼斎流と一刀流の流派間の確執だけではあるまい」

松波が、虚空を見すえながら低い声で言った。

「……………」

彦四郎も、此度《こたび》の件は剣の流派間の対立だけではないように思えた。家老の浦沢は、鬼斎流一門でも一刀流一門でもないのだ。

次に口をひらく者がなく、道場には重苦しい沈黙がつづいたが、

「……これで、済んだとは思えぬ。今後も、御家老の命を狙ってくるとみなければなるまいな」

と、松波が彦四郎と永倉に目をむけて言った。

「いかさま」

彦四郎も、襲撃者たちはこれからも浦沢を狙ってくるだろうとみた。

「それでな、そこもとたちに頼みがある」

「頼みとは」

「御家老の身を守るために手を貸してもらいたい」

松波が言うと、結城が、頼む、と小声で言い添えた。

「手を貸せと言われても、何をすれば――」

彦四郎は、浦沢のそばにいて警固するわけにはいかない、と胸の内で思った。

「われらにも、警固には限度がある。昼夜、御家老の身辺に、警固の者を張り付けておくことはできないからな。……梟組の者がくわわっていれば、なおのこと難しい」

松波によると、梟組の者は暗殺にも長けていて、飛び道具を遣うだけでなく、夜中に屋敷内に忍び込んで襲ったり、毒殺したりするので、警固の者をつけても守り切れないだろうという。

「それで、御家老を襲った者たちを突きとめ、何者が何のために御家老の命を狙っているのか明らかにし、一味を始末するしか手はないとみているのだ」

松波が言った。

「うむ……」

彦四郎も、警固には限界があると思った。松波の言うように敵の正体を明らかにし、捕えるなり討つなりしなければ、決着はつかないだろう。

「藩でも、目付筋の者が五人の行方を探しているが、そこもとたちにも手を貸してもらいたい」

「われらにできることは、やりますが……」

彦四郎はそう言ったが、町道場主の身で島中藩の騒動に首をつっ込みたくないと思った。それに、五人の探索のために道場をあけることもできない。

「どうでしょう。……千坂道場では、すでに門弟の前園、池谷、黒田の三人を討たれています。さらに、門弟が襲われるかもしれない。それで、われらは斬殺された門弟たちの無念を晴らし、門弟からあらたな犠牲者を出さないために、千坂道場として別に、門弟たちを襲った下手人を突きとめたいのですが——。むろん、島中藩の方たちには協力するつもりです」

別々ではあっても、同じ一味をつきとめるために探索にあたることに変わりはない、と彦四郎は思った。

「そうしてもらえれば、ありがたい」

松波が言うと、結城もうなずいた。

すると、黙って話を聞いていた瀬川が、

「お師匠、それがしと坂井とで、藩とお師匠との連絡役《つなぎ》をいたします」

と、身を乗り出すようにして言った。

3

「花、遅れますよ」

里美が、お花に声をかけた。

「はァい」

お花は元気よく返事をし、里美の後についてきた。

里美は武士の妻らしく、地味な子持ち縞《じま》の小袖に茶の帯をしめていた。胸に懐剣を忍ばせていたが、大小は帯びていない。

お花も、子供らしい花柄の小袖姿だった。ただ、芥子坊や銀杏髷ではなく、髪を後ろに束ねているだけである。

里美とお花は母屋を出て、道場の脇を通って路地に出たところだった。ふたりは、これから柳橋の料亭、華村《はなむら》に行くところだった。

彦四郎が道場主になる前は、里美の父親の千坂藤兵衛が道場主であった。千坂道場をひらいたのは、藤兵衛である。

その藤兵衛が、老齢のため娘婿の彦四郎に道場の跡を継がせたのだが、道場を出るおり華村の女将《おかみ》の由江《よしえ》に請われて、華村に同居することになったのだ。

彦四郎は由江の子で、藤兵衛と由江は同居する以前から、思いを通わせていたのである。

料亭の女将の子に生まれた彦四郎が、武士として育てられたのは、それなりの理由があった。彦四郎は、後に北町奉行になった大草安房守高好《おおくさあわのかみたかよし》と由江との間に生まれた隠し子であった。そのため、彦四郎は武士の子として育てられ、剣術も身につけたのである。

ところが、大草は彦四郎が生まれて間もなく町奉行になったこともあって、華村にはまったく姿をあらわさなくなった。

彦四郎には大草と接した記憶もなければ、親という思いもなかった。いまも、由江と彦四郎は大草のことは口にしなかった。縁が切れているといってもいい。

彦四郎が大草の子だと知っているのは大草本人と由江、それに彦四郎、藤兵衛、里美ぐらいしかいないのではあるまいか。

そうしたことがあって、彦四郎夫婦は道場の裏手の母屋に住み、藤兵衛は華村で由江と暮らしていた。

里美とお花は、豊島町の町筋を経て柳原通りに出た。柳原通りを両国方面にむかい、浅草橋を渡って柳橋に出るつもりだった。

ふたりが柳原通りを両国方面にむかっているとき、三味線を手にした女が半町ほど後ろを歩いていた。菅笠《すげがさ》をかぶり、木綿の着物に手甲《てっこう》、脚半《きゃはん》、草鞋履きで三味線を手にしている。女の門付《かどづけ》である。正月の元旦から十五日までは鳥追《とりおい》と呼ばれ、着飾って町筋を歩いている。

ただ、町筋でよく目にする女の門付とは、すこしちがっていた。女の門付は、通常日和下駄《ひよりげた》を履いているが、この女は草鞋履きである。

女の門付は、里美とお花が道場の脇から路地に出たときから、背後を歩いていたのだが、里美も気付かなかった。

里美とお花は、浅草御門を経て浅草橋を渡った。そして、神田川沿いの道を大川の方へむかった。

後ろから来る門付は、まだ里美たちの跡を尾《つ》けていた。浅草橋を渡ってから足を速めたらしく、里美たちとの間はつまっていた。

前方に柳橋が見えてきた。その橋の先に、大川の川面《かわも》がひろがっている。陽は西にかたむいていたが、初秋の陽射《ひざ》しを反射《はね》て、キラキラとかがやいていた。そのひかりのなかを、客を乗せた猪牙舟《ちょきぶね》や荷を積んだ茶船《ちゃぶね》などが、ゆったりと行き交っている。風のない静かな午後である。

里美とお花の間が、すこしあいた。子供の足はどうしても後れがちになる。

「花、もうすこしですよ」

里美が振り返って、お花に声をかけた。

そのとき、お花の背後に女の門付の姿が見えた。お花とは、十間ほどである。門付は三味線を手にして弾き始めた。三味線の音が、かすかに聞こえてくる。

里美は、不審を抱かなかった。三味線の音に乱れがなかったからかもしれない。

それでも、里美は歩調をゆるめ、お花が追いつくのを待った。背後で、三味線の音と下駄の音がしだいに大きくなってきた。門付が近付いてきたのである。里美は三味線の音を聞いていた。撥《ばち》の先で軽く弾く、ペン、ペンという音が耳にとどいた。

女の門付は化粧をしていたが、それほど若くなかった。大年増《おおどしま》である。面長《おもなが》で、細い目をしている。痩せて、頬がくぼんでいた。

女はすこし足を速めて、お花に近付いた。三味線を弾き続けている。

お花が足をとめて、振り返った。三味線と下駄の音が、すぐ後ろに迫ってきたからである。

女の門付はお花の後ろに近付くと、

「お花ちゃんかい」

と、小声で訊いた。

女の門付は、すばやく三味線の弦を弾く手をとめ、撥を握り直した。撥の先が、鋭くとがっている。

女は、撥を後ろに引いた。お花を狙っているようだ。

「うん。……小母《おば》ちゃんは、だあれ？」

お花が、女を見上げた。

お花の顔は、赤子を思わせるように無垢《むく》で可愛かった。

「だれかな」

女はお花の首を撥で、掻き切ろうとした。

お花の澄んだ黒眸がちの目が、女の顔を見つめている。

ふいに、その手がとまった。女の顔に悲痛な表情が浮き、……お、お雪《ゆき》、と、声を洩《も》らした。

このとき、里美は振り返り、女の手にした撥を目にした。

……花が、あぶない！

と、察知した里美は、走りだした。

里美は胸にひそませてきた懐剣を抜いて女に迫っていく。

女は里美の姿を目にすると、撥を手にしたまま後じさった。すばやい動きである。

女の目がつり上がり、夜叉《やしゃ》を思わせるような顔に豹変《ひょうへん》していた。

「何者！」

里美は懐剣を胸の前に構え、女に急迫した。

ふいに、女が後ろに大きく跳んだ。そして、反転すると走りだした。足も速い。

見る間に、女の後ろ姿が離れていく。

里美は足をとめた。後を追っても、追いつきそうもなかった。

……女の忍びか！

と、里美は思った。

女の足は、獣を思わせるように迅《はや》かった。三味線の撥を武器にしていることからも、女忍者ではないかと思ったのである。

里美は懐剣を納めて、お花のそばにもどった。

「母上、どうしたの」

お花は、驚いたような顔をして訊いた。里美にむけられた目に、怯えの色があった。里美が懐剣を手にし、女に斬りつけようとしたのを目にしたらしい。それに、お花は、ふたりの女がはなった異様な殺気を感知したようだ。

「花、何でもないの。……あの女《ひと》、花に何か用事があったのかもしれないわね」

里美が、やさしい声で言った。

4

彦四郎は、急ぎ足で神田川沿いの道を歩いていた。これから、柳橋にある華村に行くつもりだった。

七ツ（午後四時）ごろである。彦四郎は午後の稽古を早めに切り上げ、羽織袴に着替えて道場を出たのだ。

里美とお花は、午後の稽古にはくわわらず、彦四郎より先に道場を出ていた。いまごろ、藤兵衛や由江といっしょに美味《おい》しい物でも食べているかもしれない。

華村の店先に暖簾《のれん》が出ていた。客がいるらしく、二階の座敷から談笑の声や男の哄笑《こうしょう》などが聞こえてきた。

彦四郎が戸口の格子戸《こうしど》をあけて店に入ると、女中のおときが彦四郎の姿を目にし、

「千坂さま、いらっしゃい」

と、笑みを浮かべて言った。

おときは十七歳、華村に勤めるようになって二年目である。おときは、彦四郎が由江の子であり、藤兵衛の一人娘の里美と所帯を持ち、千坂道場を継いでいることは知っていたが、彦四郎が華村で暮らしていたときのことや大草とのかかわりなどは、知らないはずである。

「里美と花は来ているかな」

彦四郎が訊いた。

「いらっしゃいますよ。……さァ、お上がりになってください」

おときは、彦四郎を帳場の奥の座敷に連れていった。そこは、藤兵衛と由江がふだん居間として使っている部屋である。

障子の向こうから、お花の声と藤兵衛の笑い声が聞こえた。どうやら、お花と里美もそこにいるようだ。

おときが障子をあけて、千坂さまがおみえになりました、と声をかけると、パタパタと畳を走る音がし、お花が顔を出した。

「父上！」

お花が廊下に飛び出してきて、彦四郎の袖を引いた。

座敷には、藤兵衛、由江、里美の姿があった。藤兵衛は長火鉢を前にして、茶を飲んでいた。小袖に袖無しを羽織っている。

藤兵衛が由江といっしょになり、華村に住むようになった当初から長火鉢を前にして座っている姿は何となくぎごちなかったが、いまもあまり変わりない。

藤兵衛は還暦にちかい歳だった。鬢《びん》や髷に、白髪《しらが》も目立つ。丸顔で目が細く、地蔵のような顔をしている。

藤兵衛は胸が厚く、首や腕が太かった。腰もどっしりと据わっている。若いころから剣術の修行で鍛え上げた体は、まだ衰えていなかった。その身辺には、剣の達人らしい威風がある。

「彦四郎、花の脇に座りなさい」

由江が、笑みを浮かべて言った。

お花の座っている脇があいていた。彦四郎の座る場所をとっておいてくれたらしい。

彦四郎が座ると、お花は彦四郎に身を寄せるようにして膝を折った。

「花がね、父上は、まだか、まだか、と首を長くして待ってたんですよ」

由江が言った。

「花はいつになく甘えているようだが、何かあったのか」

彦四郎が里美に訊いた。

お花は、家にいるときはともかく、華村にいるときは藤兵衛と由江が可愛がってくれるせいか、彦四郎より藤兵衛や由江に張り付いていることが多いのだ。

「後で、お話しします」

里美が小声で言った。

「分かった」

どうやら、お花の前でしたくない話らしい。

「そろそろ、夕餉《ゆうげ》にしましょうか」

そう言って、由江が立ち上がった。

彦四郎と里美が、島中藩の下屋敷で藩士や長太郎君《ぎみ》を相手に稽古したことなどを話していると、由江、お松《まつ》、おときの三人で、膳《ぜん》を運んできた。

「いらっしゃい、お花ちゃん」

お松が、笑みを浮かべて言った。

お松は四十代半ば、長年華村に勤め、いまは女中頭をしている。彦四郎が子供のころから華村にいて、里美との馴《な》れ初《そ》めも知っていた。

膳には、鯛の刺身、椎茸《しいたけ》の煮染め、小茄子《こなす》の漬物、それに子供が好みそうな卵焼きもあった。お花を除いた大人たちの膳には、銚子《ちょうし》も載っている。

「馳走《ちそう》だな」

藤兵衛が目を細めて言った。

「さァ、召し上がれ」

そう言って、由江は銚子を取ると、藤兵衛と彦四郎に酒をついだ。

お花は卵焼きが好きらしく、すぐに自分の膳の物を食べてしまった。

「花、これも食べるがいい」

藤兵衛が、卵焼きの小皿をお花の膳に載せてやった。

お花は、すぐに藤兵衛の卵焼きに箸《はし》をのばした。

しばらくして、お花と里美が食べ終えると、

「花、隣の座敷で、千代紙でも折りましょうか」

由江が言って、お花を別の部屋に連れだした。お花のいないところで、里美が話せるように気を使ったらしい。

由江とお花が座敷から出ると、

「ここに来る途中、襲われたのです」

と、里美が切り出した。

「なに、襲われたと！」

彦四郎が驚いたような顔をした。

「はい」

「相手は武士か」

すぐに、彦四郎が訊いた。彦四郎の脳裏を、前園と池谷を襲った者たちのことがよぎったのだ。

「それが、女でした」

「女だと！」

また、彦四郎は驚いたような顔をした。

「門付のような恰好をしていましたが、正体を隠すためでしょう」

里美は、女の門付が背後から近付いてきて、手にした撥でお花の首を掻き切ろうとしたことを話した。

「そやつが狙ったのは、花か」

彦四郎が聞き返した。

「はい、初めから花を狙って近付いてきたようです」

「梟組かもしれぬぞ」

彦四郎は、浦沢が梟組のことを話していたのを思い出した。

「なんだ、梟組というのは」

藤兵衛が訊いた。

彦四郎は松波から聞いた梟組のことを話し、女もいるらしいことを言い添えた。

「すると、島中藩の影で動く隠密が、花の命を狙ったというのか。……いったい、どういうわけだ」

藤兵衛が首をひねった。

「おそらく、花が長太郎君といっしょに剣術の稽古をしているのが、気にくわないのでしょう」

彦四郎は、それしか考えられなかった。

「それに、腑《ふ》に落ちないことが……」

里美が小声で言った。

「何が腑に落ちないのだ」

藤兵衛が訊いた。

「その女は、花の首を撥で掻き切ろうとして思いとどまったのです。……わたしが助けに行く前に撥をふるえば、首が切れたのに、それをしませんでした」

「どういうことだ」

「わたしにも、分かりません」

里美が小首をかしげた。

藤兵衛と里美が口をつぐむと、座敷が急に静まった。

「……いずれにしろ、梟組や前園たちを斬った者どもは、これからも花や千坂道場の門弟を狙ってこような」

藤兵衛が顔をけわしくして言った。

「くるはずです」

彦四郎は、厄介なことになった、と思った。門弟だけでも守るのは難しいのに、得体の知れない梟組の者たちにお花や里美の命を狙われたら、どうにもならないだろう。

「彦四郎、わしも手を貸そう」

藤兵衛が言った。

「義父上《ちちうえ》が」

「しばらく、道場に寝泊まりして、花や里美だけでも目を配っていよう」

「ですが、義父上がいなかったら、華村が困るでしょう」

「い、いや、わしは、ここにいても仕事がないのだ」

藤兵衛が、急に彦四郎の耳元に顔を寄せ、暇を持て余していてな、とささやいた。

「それなら、道場に来てもらいましょう。せっかくですから、門弟たちにも稽古をつけてください」

彦四郎が声を大きくして言った。

5

「気をつけて帰れよ」

彦四郎は、道場を出ようとする坂井と津本俊之助《つもとしゅんのすけ》に声をかけた。

津本は千坂道場の門弟で、御家人の次男だった。屋敷が、坂井の町宿のある馬喰《ばくろ》町《ちょう》の先の久松町で、帰りの道筋が坂井と馬喰町までいっしょだった。

今日は、坂井と同じ町宿に住む瀬川が、藩邸に出かけていて稽古に来なかった。

それで、津本といっしょに帰ることにしたらしい。

「気をつけます」

坂井と津本は、彦四郎に一礼して道場から出ていった。

午後の稽古が終わって、小半刻（三十分）ほど経《た》っていた。門弟たちは帰り、道場には彦四郎と永倉、それに藤兵衛が残っていた。

藤兵衛は午後の稽古が始まってからも母屋にいて、里美やお花と話していたようだったが、半刻（一時間）ほど前、ひとりで道場にあらわれ、師範座所から稽古の様子を見ていたのだ。

「どうだ、彦四郎、久し振りに型稽古でもやってみるか」

藤兵衛が言った。

「はい、お願いします」

彦四郎が声を上げた。藤兵衛の言うとおり、藤兵衛に稽古をつけてもらうのは久し振りである。

「大師匠、それがしにも」

永倉が脇から身を乗り出して言った。

「彦四郎の次だな」

藤兵衛は、道場の板壁の木刀掛けから木刀を二本手にしてもどってきた。

一本を彦四郎に渡しながら、

「脇構えからの打ち落としの太刀をやってみるか」

と、藤兵衛が言った。

「はい」

打ち落としの太刀は、仕太刀《しだち》（学習者）と打太刀《うちだち》（指導者）の呼吸がむずかしい。

彦四郎は、藤兵衛とならいい稽古ができるだろうと思った。

彦四郎は三間ほどの間合をとって藤兵衛と対峙《たいじ》すると、木刀を脇構えにとった。

藤兵衛は青眼である。

彦四郎が仕太刀で、藤兵衛が打太刀だった。

藤兵衛は彦四郎と対峙すると、

……いい構えだ。だいぶ、腕を上げたな。

と、胸の内でつぶやいた。彦四郎の構えは隙がなく、腰が据わっていた。それに、
藤兵衛との間取りも絶妙である。

「まいります!」

彦四郎が声を上げた。

「おお!」

彦四郎が摺り足で間合をつめて打ち込みの間境に迫ると、藤兵衛は青眼から胸を突く気配を見せた。

彦四郎は藤兵衛の動きにかまわず、脇構えから木刀を振りかぶりざま、面を打ちにいった。

藤兵衛は、下段にとって身を引こうとした。すると、彦四郎は踏み込みながら藤兵衛の木刀を打ち下ろし、切っ先を藤兵衛の腹につけて打ち込みの気配をみせた。

藤兵衛はたまらず身を引いて間合をとり、上段に振りかぶろうとした。その一瞬の隙をとらえ、彦四郎がすばやく踏み込み、藤兵衛の右籠手を打った。

藤兵衛は身を引いて、間合をとると、

「みごとだ!」

と、声をかけた。

彦四郎は一瞬の動きで、藤兵衛の右籠手を打っていた。ふたりの動きや太刀捌きは決まったものだが、ふたりの呼吸が合わなかったり、わずかな間合のちがいで、うまく打つことができないのだ。

「次は、それがしが」

彦四郎に代わって、永倉が藤兵衛の前に立ったときだった。

道場の戸口に、走り寄る足音がした。

「お、お師匠！　おられますか」

うわずった声が、聞こえた。

「津本らしい。何かあったかな」

すぐに、彦四郎は道場の戸口に足をむけた。

藤兵衛と永倉も、木刀を手にしたまま彦四郎につづいた。

津本が、戸口に立っていた。顔に汗が浮き、苦しげに肩で息をしている。走りづめで来たらしい。

「どうした」

彦四郎が訊いた。

「さ、坂井どのが、斬られました！」

津本が声をつまらせて言った。

「なに、斬られたと！」

彦四郎は、息を呑んだ。

「は、はい、いきなりふたりの武士が、襲ってきて……」

「どこだ」

「馬喰町に入って、すぐです」

「刀をとってくる」

彦四郎は稽古着姿のまま行くつもりだったが、刀だけは持っていきたい。何者か知れないが、まだ現場にとどまっているかもしれないのだ。

彦四郎はすぐに道場に引き返し、師範座所に置いてあった刀を手にした。藤兵衛と永倉も太刀だけ持って、戸口にもどった。

「津本、案内してくれ」

彦四郎が言った。

「はい！」

すぐに、津本は戸口から飛び出した。

まだ、暮れ六ツ（午後六時）前だが、辺りは夕暮れ時のように薄暗かった。空が厚い雲で覆われているせいらしい。

彦四郎たちは豊島町の町筋を南にむかい、橋本町を経て馬喰町に入った。いっとき小走りに南にむかうと、津本が路傍に足をとめ、

「あそこです！」

と言って、前方を指差した。

路傍に、人だかりができていた。そこは、人家のとぎれた寂しい場所だが、近所の住人や通りすがりの野次馬が集まっているらしい。

付近に、武士の姿はなかった。坂井を斬った武士は、すでに姿を消したのかもしれない。

6

「通してくれ！」

彦四郎が人だかりに声をかけると、集まっていた者たちが左右に身を引いて道を

あけた。

見ると、路傍の叢《くさむら》のなかに武士がひとり俯せに倒れていた。付近に、血が激しく飛び散っている。

彦四郎たちは、倒れている武士に近寄った。

「坂井だ！」

永倉が声を上げた。

俯せに倒れた武士の横顔が見えた。坂井である。坂井の顔が、苦しげにゆがんでいた。目を瞠き、口をあけたまま表情をとめている。

彦四郎は坂井の脇に屈み、死体に目をやった。

……首を斬られている！

坂井の首から顎にかけて、赤く血に染まっていた。喉のあたりが横に深く抉られ、傷口から頸骨が覗いている。

「前園と同じ傷だ！」

彦四郎が藤兵衛と永倉に目をやって言った。

「前園と池谷を襲った下手人か」

永倉が顔をしかめた。

「横に、首を一太刀か……。変わった刀法を遣う者だな」

藤兵衛は、坂井の首筋の傷を睨むように見すえていた。顔がひきしまり、双眸がひかっている。剣客らしい凄《すご》みのある顔である。

「おそらく、鬼斎流の者でしょう」

彦四郎の胸に渋沢と宇津の名が浮かんだが、まだ決め付けるわけにはいかない。

「津本、襲ったふたりの顔を見ているか」

藤兵衛が訊いた。

「……それが、ふたりとも頭巾をかぶっていましたので」

顔は、見ていません、と津本が小声で言った。

「体付きは?」

彦四郎が訊いた。

「ひとりは大兵《だいひょう》でした」

津本によると、坂井に斬りかかった武士は巨軀で、津本を襲ったもうひとりの武士は、中背だったという。

「そのときの様子を話してくれ」

藤兵衛が言った。

「い、いきなり、そこの欅《けやき》の陰から飛び出してきたのです」

津本が、路傍の太い欅を指差した。

飛び出したふたりの武士は、すぐに坂井と津本の前にまわり込み、切っ先をむけてきたという。

「そ、それがしは、身を引きました」

津本は逃げようとして、刀を抜かずに急いで後じさったという。

中背の武士は摺り足で、津本との間合を狭めてきた。だが、四間ほどの遠間にとったまま、斬り込んでくる気配を見せなかった。

一方、坂井は抜刀し、巨軀の武士と対峙していた。

そのとき、鋭い気合がひびき、津本の目に踏み込んでいく巨軀の武士が見えた。

次の瞬間、坂井の首から血飛沫が噴出し、腰からくずれるように倒れた。

坂井が斬られたのを見た津本は、喉のつまったような悲鳴を上げ、反転して駆けだした。逃げなければ、斬り殺されると思ったのだ。

中背の武士は、追ってこなかった。その場に立ったまま、逃げていく津本に目をやっている。

津本は夢中で走った。そして、道場へ逃げもどったのである。

「ふたり組は、津本を斬ろうとしなかったのだな」

彦四郎が念を押すように訊いた。

「は、はい……」

「どういうことだ」

永倉が首をひねった。

「そやつらの狙いは、坂井だったのだ。……津本は、初めから斬る気はなかったのだろうな」

「島中藩士である坂井を狙ったのだな」

「そうらしい」

彦四郎の顔に、苦悶《くもん》の色が浮いた。家中の一刀流と鬼斎流の対立が原因らしいが、これで門弟が四人殺されたのだ。

彦四郎が口をつぐんでいると、

「ともかく、坂井をこのままにしておけんぞ」

藤兵衛が言った。

「道場まで運びましょう」

明日、瀬川に話して、坂井の遺体を藩に引き取ってもらうことになるだろう。

「よし、おれが背負っていく。坂井を、背負わせてくれ」

そう言って、永倉が横たわっている坂井に背をむけて屈んだ。

永倉は偉丈夫で、強力の主である。坂井を背負って道場まで運ぶのも、苦ではないだろう。それに、町筋は濃い夕闇につつまれていた。通りすがりの者に、見咎《みとが》められずにすみそうだ。


坂井の遺体を道場に運び込んだ後、彦四郎、藤兵衛、永倉の三人は、道場の床に腰を下ろした。

道場の隅に置かれた燭台の火が、三人の男の苦悩にゆがんだ顔を闇のなかに浮かび上がらせている。

「何とか手を打たねば、瀬川もやられるぞ」

藤兵衛が低い声で言った。

「瀬川だけではありません。里美も花も、われらも……」

彦四郎は、島中藩の剣術指南にかかわっている者は、すべて命を狙われるのではないかと思った。

「狙われるのを、待っている手はないぞ」

永倉が語気を強くして言った。

「永倉の言うとおりだ。わしらも、手を打とう」

「いい手がありますか」

彦四郎が訊いた。

「まず、敵の居所をつきとめることだな。……ひとり捕えて口を割らせれば、様子が見えてこよう」

「佐太郎《さたろう》を使いますか」

彦四郎が言った。

佐太郎は千坂道場の門弟だが、稼業はしゃぼん玉売りである。北町奉行所の臨時廻り同心、坂口主水《さかぐちもんど》から手札をもらっている岡っ引きでもある。ちかごろ、佐太郎は道場に姿を見せなかったが、これまでも、千坂道場の者が事件に巻き込まれたとき、探索を頼んだことがある。

坂口は若いころ、千坂道場に通っていたことがあった。そのころは、藤兵衛が道場主だったので、坂口は藤兵衛の弟子であった。しかも、いまは坂口の嫡男の綾之《あやの》助《すけ》が、千坂道場に門弟として通っているので、父子二代にわたって千坂道場の門弟ということになる。

「弥《や》八《はち》にも頼もう」

藤兵衛が、弥八には、わしが話す、と言い添えた。

弥八も、坂口から手札をもらっている岡っ引きだった。ふだん、甘酒売りをしている。

佐太郎は岡っ引きになる前、しばらく弥八の下っ引きをしていた。そうした縁もあって、藤兵衛は探ってほしいことがあると、弥八に頼むことがあったのだ。

「わしが、ふたりに話そう」

藤兵衛が言った。

「わたしと永倉は、もう一度島中藩の者に会って様子を訊いてみます」

彦四郎が言うと、

「それがいい」

永倉が、大きくうなずいた。

「島中藩の目付筋の者が動いているはずだ」

彦四郎は、島中藩の目付筋の者が、家老の浦沢を襲撃した五人を探っている、と松波が話していたのを思い出したのだ。その五人のなかに、坂井や前園たちを斬殺した者もいるはずである。すでに、目付筋の者が、五人の居所をつかんでいるかもしれない。

第三章　警固

1

「お師匠、いやすか」

障子のむこうで佐太郎の声がした。

佐太郎は、藤兵衛のことをいまでもお師匠と呼んでいる。

「いるぞ」

藤兵衛は、道場の裏手にある母屋の縁側に面した座敷で茶を飲んでいたが、湯飲みを置いて立ち上がった。

藤兵衛は門弟たちに、佐太郎を見かけたら、母屋に顔を出すよう、言伝《ことづて》を頼んでおいたのだ。

障子をあけると、縁側の前に佐太郎が立っていた。

佐太郎は小太りで短軀だった。赤ら顔で丸い目をしている。その丸い目が子供のようによく動き、どことなく愛嬌がある。

「お師匠、あっしに何か用ですかい。……用がなけりゃァ、呼ばねえか。それで、ご用の筋は」

佐太郎は、藤兵衛の顔をみると、勝手にしゃべった。佐太郎はしゃぼん玉売りなので、口上を述べながら町筋を歩いている。そうしたこともあって、ペラペラとよくしゃべる。

「まァ、ここに座れ」

藤兵衛は、苦笑いを浮かべながら縁先に腰を下ろすように言った。

「へい、ちょいと、腰を下ろさせていただきやす」

佐太郎は藤兵衛の脇に腰を下ろした。

「佐太郎、道場の門弟が斬り殺されたのだが、耳にしているか」

藤兵衛が切り出した。

「知ってやすよ。前園さまと池谷さまが、柳原通りで殺《や》られたそうで」

「それに黒田と、三日前には馬喰町で坂井も斬られたのだ」

「黒田さまも坂井さまも殺られたんですかい」

佐太郎が驚いたような顔をした。まだ、黒田と坂井のことは、佐太郎の耳に入っていなかったようだ。

「それだけではないぞ。……実は、花も何者かに命を狙われたらしいのだ」

「お花ちゃんが！」

佐太郎は丸い目を瞠《みひら》いた。鶉《うずら》の卵のような大きな目玉である。

「彦四郎も里美も、命を狙われるかもしれん」

大袈裟に言ったのではない。藤兵衛は、お花だけでなく、彦四郎と里美も狙われるとみていたのだ。

「そいつは大変《てえへん》だ！」

佐太郎が声を上げた。

「それでな、おまえに手を貸してもらいたいのだ」

藤兵衛が声をあらためて言った。

「へい、お師匠や若師匠のためだったら、何でもやりやすぜ」

「おまえに、前園や池谷を斬った下手人を探ってもらいたい」

「……下手人を探れって言われやしても、あっしひとりじゃァ無理だ。それに、いつ斬り殺されるか、分からねえ」

佐太郎が首をすくめた。

「おまえひとりではない。……弥八にも頼むつもりだ」

「親分もいっしょですかい」

佐太郎が首を伸ばして言った。

「そうだ、弥八にも頼む。……それだけではないぞ。わしも彦四郎も、いっしょになって、下手人を探すことになっている」

「お師匠、やりやすぜ！」

佐太郎が声を上げた。

「それで、これから弥八に頼みに行くつもりだが、弥八は本石町《ほんごくちょう》にいるかな」

弥八は、夏の間は甘酒でなく、日本橋十軒店《じっけんだな》本石町で冷や水を売っていた。暑い季節は、甘酒売りは商売にならないのだ。

「いるはずでさァ。一昨日《おとつい》、見やしたから」

「よし、これから行ってみよう」

藤兵衛が腰を上げた。

「あっしも、お供しやすぜ」

佐太郎も立ち上がった。

ふたりは、道場の脇を通って路地に出ると、日本橋方面に足をむけた。陽はだいぶ高くなっていた。五ツ半（午前九時）を過ぎているだろうか。強い陽射しのなかを、人々が黒い影を落として行き過ぎていく。

十軒店本石町の表通りは、賑《にぎ》わっていた。通り沿いには人形店や仮店などが並び、様々な身分の老若男女が行き交っていた。この町は雛市《ひないち》がたつことで有名で、雛祭りや端午《たんご》の節句のころには、歩くこともままならないほどの賑わいを見せる。いまは雛市はたっていないが、人通りは多かった。

「お師匠、親分ですぜ」

佐太郎が斜向《はすむ》かいの人形店を指差した。

店の脇の路地の入り口に、弥八が立っていた。弥八の前に、冷たい水の入った桶《おけ》とちいさな屋台が置いてあった。屋台のなかには、茶碗や白玉が入れてある。

冷や水は、冷たい水に砂糖と白玉を入れ、一碗《ひとわん》四文である。頼んで白玉や砂糖を多く入れてもらうと、六、七文になる。

藤兵衛と佐太郎が近付くと、

「あっしに、何か用ですかい」

と、弥八が小声で訊いた。

弥八は三十代半ばだった。町筋に出て、甘酒や冷や水を売り歩いているせいで、陽に灼けた浅黒い顔をしていた。面長で目が細く、狐《きつね》のような顔付きである。

「頼みがあってな」

藤兵衛が小声で言うと、

「親分、千坂道場の門弟が四人も殺られたんですぜ」

佐太郎が、口をとがらせて言い添えた。

「ちょいと、路地の先に行きやすか」

弥八は、人通りの多い場所で話をするわけにはいかないと思ったらしい。

すぐに、弥八は冷たい水の入っている桶と屋台を天秤棒《てんびんぼう》で担いだ。そして、表通りからすこし離れると、

「この辺りなら、話ができやすぜ」

と言って、天秤棒を肩からはずした。

「門弟が殺されたことは知っているか」

藤兵衛が切り出した。

「噂は耳にしやした」

「そうか。……四人殺されてな。いずれも、島中藩の者だ」

藤兵衛は、四人が殺された経緯をかいつまんで話した。弥八は、島中藩士が門弟として通っていることは知っていたので、黙って藤兵衛の話を聞いていた。

「親分、お花ちゃんも狙われたんですぜ」

佐太郎が脇から言った。

「お花ちゃんまで」

弥八が驚いたような顔をした。

「それでな、今後、門弟だけでなく、彦四郎や里美も襲われる恐れがあるのだ」

藤兵衛が言った。

「いってえ、だれが、そんなことを……」

「わしは、島中藩の騒動に巻き込まれたとみておる。彦四郎や里美は、剣術指南で藩邸に通っているからな」

藤兵衛は、お花も若君のお相手で、里美といっしょに島中藩の下屋敷に出向いていることを話した。

「それで、あっしは何をすればいいんで」

弥八が訊いた。

「花や彦四郎の命を狙っている者たちを、つきとめてほしいのだ」

「へえ……」

弥八はいっとき考え込んでいたが、

「旦那、そいつら、島中藩の家臣じゃァねえんですかい」

と、戸惑うような顔をして訊いた。

「そうみていいな」

「そいつは、無理だ。……旦那、あっしは、御用聞きですぜ。お大名のご家来を探るなんてことはできねえ」

弥八が困惑したような顔をした。

「もっともだ。……だが、島中藩の屋敷にもぐり込んだり、藩士たちから聞き込んだりしなくともいいのだ」

藩邸内のことは、島中藩の目付筋の者がやる、と藤兵衛はみていた。

「それじゃァ何をやればいいんで――」

「島中藩の瀬川という門弟を知っているか」

「知りやせん」

弥八が小声で言った。

「親分、あっしが知ってやすぜ」

佐太郎が身を乗り出すようにして言った。

「瀬川が道場を出るおり、尾けてもらいたいのだが……。そのときは、佐太郎に知らせてもらう」

佐太郎に午後の稽古を覗かせ、瀬川がいれば、弥八に連絡させればいい、と藤兵衛は思った。

「瀬川さまの行き先をつきとめるんですかい」

「そうではない。……瀬川を尾けている者を探し、そやつの行き先をつきとめてほしいのだ」

「瀬川さまを尾けてるやつを、尾けるんですかい」

「そうだ」

「そいつはおもしれえ」

弥八が、目をひからせて言った。

「それから、彦四郎たちが出かけるときも、跡を尾けてくれ」

「彦四郎の旦那たちを尾けるやつを尾けるんで——」

「そのとおり」

「旦那、やらせていただきやす」

弥八が顔をひきしめて言った、腕利きの岡っ引きらしい顔をしている。

「弥八、佐太郎、頼むぞ」

藤兵衛はふたりに声をかけ、懐から財布を取り出すと、小判を二枚取り出して、弥八と佐太郎に一枚ずつ握らせた。

当分の間、ふたりは、冷や水売りやしゃぼん玉売りはできないだろう。手当がなければ、暮らしていけないはずである。探索が長引くようなら、さらに手当を渡さなければならないかもしれない。

「ありがてえ」

佐太郎は、ニンマリして小判を握りしめた。

「いただきやす」

弥八も、小判を手にするとすぐに巾着にしまった。

2

京橋、水谷町の料理屋、「浜富《はまとみ》」の二階の座敷に、六人の男が酒肴の膳を前にして座っていた。

彦四郎、永倉、瀬川、留守居役の結城、側役の松波、それに江戸勤番の目付組頭、稲垣平十郎《いながきへいじゅうろう》だった。稲垣は、江戸にいる徒目付たちを直接動かしている男である。

稲垣は五十がらみであろうか。痩身長軀で、すこし猫背だった。顔が妙に長く、頤《おとがい》が張っていた。一口で言えば、馬面である。ただ、猛禽《もうきん》を思わせるような鋭い目をしていた。

彦四郎や稲垣たちが名乗り合った後、

「まずは、一献」

結城が、彦四郎の杯に酒をついでくれた。

ここに来る途中、彦四郎は瀬川から聞いたのだが、浜富は結城が他藩の留守居役と情報交換のためによく利用する店だという。

彦四郎と永倉がこの店に来たのは、瀬川に「藩側でつかんだことを知らせていただきたい」との言伝を頼むと、結城から浜富に来てほしいと知らせがあったのだ。

集まった六人の男が、酒をつぎ合っていっとき喉を湿した後、

「まず、稲垣どのから話してもらいたい」

と、松波が口火を切った。

「これまでに分かったことを、お話ししておきましょう」

稲垣が、彦四郎と永倉に目をむけて言った。

島中藩の目付筋が探ったところによると、下屋敷から帰る家老の一行を襲った五人のなかに、姿を消していた菊池と池田がいたという。その日、家老が屋敷を出る前、下屋敷にいた徒目付がたまたま門前近くで、菊池と池田の姿を見かけて跡を尾けたが、途中でまかれてしまったそうだ。

「菊池と池田は、江戸に身をひそめているのだな」

永倉は、菊池と池田を呼び捨てにした。敵とみたからであろう。

「江戸に潜伏していることはまちがいない。ふたりは、出府した渋沢や宇津と行動を共にしているようなのだ」

松波が言った。

「その渋沢道玄と宇津桑十郎でござるが、ふたりもご家老を襲った五人のなかにいたらしいのだ」

稲垣が言い添えた。

稲垣によると、渋沢と宇津を知る何人かの家臣から話を聞き、家老を襲った五人のなかにいたふたりが、遣い手であったこととその体軀などから、渋沢と宇津であることを割り出したという。

「五人のうちの四人は、分かったのだな」

彦四郎が、あらためて四人の名を口にした。菊池、池田、渋沢、宇津の四人である。

「もうひとりだが、まだ名は分からないが、藩邸にいる鬼斎流一門のひとりとみている」

稲垣が、菊池たち四人を手引きした藩士がいるはずだと言い添えた。

次に口をひらく者がなく、座敷が静まったとき、

「ところで、ご家老は、なにゆえ命を狙われたのです」

彦四郎には、家老の浦沢が命を狙われた理由が分からなかった。藩内に一刀流と鬼斎流の確執があり、一刀流の者が狙われるのは分かるが、浦沢は一刀流一門の重鎮というわけではない。

「それが、われらにも、はっきりしないのだ……」

松波が戸惑うような顔をした。

すると、結城が一呼吸おいてから、

「田代どのが、糸を引いているのかもしれん」

と、つぶやくような声で言った。

「田代どのか……」

永倉が顔をけわしくした。

側用人の田代は、これまでも鬼斎流一門の黒幕と目されていた男である。側用人は藩主に近侍して所用を果たす役だが、田代は奥向きにも強い影響力を持っていた。

また、側役を束ねる役で、松波の上役でもある。

ただ、松波は当初から一刀流一門に与《くみ》しており、彦四郎やお花たちが、指南役になるよう尽力したひとりである。

「なにゆえ、田代どのは、ご家老の命を狙うのだ。何かわけがあるのか」

永倉が訊いた。

「ご家老は、江戸の政《まつりごと》の舵《かじ》を握っておられるからな。田代どのにとっては、目の上の瘤《こぶ》のような存在であろう。その瘤を取り除きたい気持ちが、あるのかもしれんが……」

結城が語尾を濁した。はっきりしないのだろう。

「田代どのは、なかなか尻尾《しっぽ》を出さないからな」

稲垣が渋い顔をして言った。

話がとぎれたとき、松波が、

「ところで、お花どのが何者かに襲われたそうだが」

と、彦四郎に目をむけて訊いた。松波は、瀬川から話を聞いたのかもしれない。

「あやうく命を落とすところでした」

そう言って、彦四郎が、里美から聞いたお花が襲われたときの様子を話した。

「お花どののを狙ったのは、女か……」

稲垣がけわしい顔をした。

「梟組の者でしょう」

稲垣が言った。

「やはり、梟組か。……梟組と鬼斎流一門の者が、手を組んで命を狙ってくるとなると、厄介だな」

松波の顔を憂慮の翳《かげ》がおおった。

結城と稲垣も、けわしい顔をして虚空を睨むように見すえている。

「襲われるのを待っていたのでは、守り切れない。先手をとって、ご家老を襲った五人と梟組の者を捕えねば……」

彦四郎が、その場に集まっている男たちに視線をまわして言った。

「千坂どのの言うとおりだ。何としても、鬼斎流一門の五人と梟組の者を捕えねばならぬ。……稲垣、頼むぞ」

松波によると、今後、徒目付たちを直接動かす立場にある稲垣が、彦四郎たちと密接に連絡し、鬼斎流一門の五人と梟組の者の探索や捕縛にあたるという。

「承知しております」

稲垣が顔をひきしめてうなずいた。

3

「親分、瀬川の旦那ですぜ」

佐太郎が小声で言った。

佐太郎と弥八は、千坂道場の斜向かいの樹陰に身をひそめていた。そこは、下駄屋の脇の狭い空き地で、八手《やつで》が大きな葉を茂らせていた。

七ツ（午後四時）過ぎだった。瀬川が、午後の稽古を終えて道場の戸口から出てきたのである。

「どうだ、通りに、うろんなやつはいねえか」

弥八が通りの左右に目をやりながら言った。

「親分、箒売《ほうき う》りが来やすぜ」

佐太郎が通りの先を指差して言った。

木枠に棕櫚箒《しゅろぼうき》を立て、天秤棒で担いだ男が歩いてくる。

「あいつはただの箒売りだ。……あれだけ、箒を担いでいたら、跡を尾けるのはむずかしいぜ」

「ちげえねえ」

佐太郎も、箒売りが瀬川を尾行するはずはないと思ったようだ。

ふたりが、そんなやり取りをしている間に、瀬川は通りの先に遠ざかった。

「尾けてみるか」

「へい」

弥八と佐太郎は、八手の陰から通りに出た。

ふたりは、瀬川から一町ほど距離をとって歩いた。瀬川を尾行する者に気付かれないように間をとったのである。

瀬川は豊島町の町筋を南にむかっていく。馬喰町の町宿に帰るのであろう。彦四郎も弥八も、尾行することを瀬川に知らせていなかった。瀬川が背後を気にして不自然な動きをすると、尾行者が警戒して姿を消す恐れがあったからである。

「親分、あやしいやつはいやせんね」

佐太郎が、通りに目をやりながら言った。

「そうだな」

「今日も、無駄骨ですかね」

佐太郎と弥八が瀬川を尾行するにようになって、三日目だった。まだ、瀬川を尾行する者はあらわれなかった。

「まだ、分からねえ」

弥八は、もうすこし尾けてみようと思った。

「急に飛び出してきて、瀬川の旦那を襲うようなことはねえでしょうね」

「襲う前《めえ》に、尾けるなり張り込むなりするはずだがな」

弥八は、何者か分からないが、いきなり瀬川に襲いかかることはないとみていた。襲うとすれば、ひとりではないだろう。瀬川が千坂道場から帰る時間や道筋をつかんでからでないと、仕掛けられないはずだ。

「瀬川の旦那も、用心してやすからね。襲うのを諦めたのかもしれねえ」

佐太郎の言うとおり、瀬川は襲撃に気を使い、遠回りになっても人通りの多い道筋を歩くようにしているらしかった。

「おい、あの二本差し、妙じゃァねえか」

弥八が、前方を指差して言った。

路地から武士がふたり通りに出て、瀬川の後ろから歩いていく。ふたりとも、羽織袴姿で二刀を帯びている。

「親分、何が妙なんで？」

佐太郎が訊いた。

「並んで歩いているのに、話もしねえ」

「そういやァそうだ」

「それに、体が硬《かて》えぜ。……まちげえねえ、瀬川の旦那を尾けている」

弥八が目をひからせて言った。

「親分、もうすこし間をとりやすか。振り返って、気付くかもしれねえ」

「やつら、後ろにまで気がまわらねえよ。……跡を尾けるのに慣れてねえようだ」

弥八は身を隠そうともせず、道のなかほどを歩いていく。

佐太郎も、弥八と肩を並べて歩いた。

先を行く瀬川は、橋本町に入った。人通りがある。ぼてふり、供連れの武士、風呂敷包みを背負った行商人、町娘などが、行き交っていた。瀬川は人通りの多い表通りを足早に歩いていく。

しばらくすると、瀬川は表通りから細い路地に入った。この辺りは、馬喰町である。

「親分、瀬川の旦那の家は、すぐですぜ」

佐太郎は、瀬川の住む町宿を確かめてあったのだ。

瀬川は細い路地に入って二町ほど歩くと、路地沿いの仕舞屋《しもたや》の前に足をとめた。そして、警戒するように路地の左右に目をやってから、木戸をあけて仕舞屋に入った。瀬川の住む町宿である。

瀬川を尾けていたふたりの武士は、瀬川が入った仕舞屋の近くまで来て足をとめた。ふたりは、いっとき仕舞屋や路地に目をやっていたが、踵を返してもどってきた。

「佐太郎、隠れろ!」

弥八と佐太郎は、慌てて路地沿いの小体《こてい》な八百屋の陰に身を隠した。

ふたりの武士は、弥八たちには気付かず、足早に表通りにむかった。

「今度は、おれたちが、おめえたちの塒《ねぐら》に案内してもらう番だぜ」

弥八がつぶやくような声で言い、ふたりの跡を尾け始めた。

佐太郎は、念のために弥八からすこし間をとってついていく。

ふたりの武士は浜町堀沿いの道に出ると、南に足をむけた。すでに、暮れ六ツ（午後六時）の鐘が鳴り、堀沿いの道は淡い夕闇につつまれていた。道沿いの店は表戸をしめてひっそりとしている。聞こえてくるのは、岸際の葦が風に揺れる音と、堀の水面にたったさざ波が、汀《みぎわ》に寄せる水音だけである。

ふたりの武士は、浜町堀にかかる栄橋のたもとで右手におれた。

「やつら、まがりやしたぜ」

佐太郎が声を上げた。

「見りゃァ分かるよ」

弥八は、走りだした。ふたりの武士の姿が見えなくなったからである。

佐太郎も、慌てて走りだした。

弥八たちは、右手にまがる角まで来て路地の先に目をやった。路地を歩いているふたりの武士の背が、間近に見えた。ふたりの武士は弥八たちには気付かず、同じ歩調で歩いていく。

弥八たちは、路地沿いの家や板塀の陰などに身を隠しながらふたりの武士の跡を尾けた。

ふたりの武士は、長谷川町まで行き、板塀をめぐらせた借家ふうの仕舞屋の前に足をとめた。そして、路地の左右に目をやってから木戸門をくぐり、戸口の引き戸をあけて家に入った。木戸門といっても、丸太を二本立てて横木を渡しただけの簡素な門である。

「やつらの塒だぜ」

弥八が低い声で言った。

「親分、どうしやす」

佐太郎が訊いた。

「明日、やつらのことを探ってみよう」

辺りは、濃い夕闇に染まっていた。路地沿いの家々は表戸をしめている。聞き込みは、明日である。

4

「つかんだか！」

藤兵衛が声を上げた。

千坂道場の裏手にある母屋だった。縁側に藤兵衛と彦四郎がいた。ふたりが朝の稽古を終えて母屋にもどったところに、弥八と佐太郎が顔を出したのだ。

障子の向こうで、里美とお花の声がした。ふたりは縁側の奥の座敷で、何かしているらしい。

「ふたりとも二本差しで、名は北村彦兵衛《きたむらひこべえ》と市田八之助《いちだはちのすけ》で」

弥八と佐太郎は、ふたりの武士を尾行した翌日、長谷川町の仕舞屋の近所で聞き込み、ふたりの名を知ったのである。

「それで、ふたりは島中藩の者か」

彦四郎が訊いた。

「へい、ふたりとも島中藩士だそうです」

「北村と市田か……」

彦四郎は、ふたりとも聞いた覚えのない名だった。ただ、瀬川や稲垣に訊けば、すぐに分かるだろうと思った。

「その家は、ふたりの町宿か」

「あっしには分からねえが、近所の者の話じゃァ、ふたりは二年ほど前からその借家に住んでるそうでさァ」

佐太郎が言った。

「町宿だな」

「あっしらは、どうしやす。……まだ、瀬川の旦那の跡を尾けてみやすか」

弥八が訊いた。

「いや、瀬川の尾行はいい。それより、北村と市田の塒を見張ってくれんか。……ここ四、五日の間だけでいい。ふたりが別の武士と会ったり、瀬川の帰りの道筋に出かけたりしたら、すぐに知らせてくれ」

藤兵衛は、四、五日の間に、北村と市田が瀬川を討つために動くとみたようだ。

「承知しやした」

弥八が言うと、

「まかせてくだせえ」

と、佐太郎が胸を張って言った。

「油断するなよ。……張り込んでいるのが知れれば、襲われるぞ」

藤兵衛が念を押した。

「へい」

弥八が顔をひきしめてうなずいた。


彦四郎と藤兵衛は、弥八と佐太郎が帰ると、すぐに道場を出た。馬喰町に行き、瀬川に会って北村と市田のことを訊くためである。瀬川が道場に来るのを待ってもいいのだが、早く手を打たないと瀬川が襲われる恐れがあったのだ。

瀬川は町宿にいた。いっしょに暮らしていた坂井が斬殺されたため、ひとり暮らしのせいもあって、家のなかが陰鬱《いんうつ》な感じがした。ただ、下女を雇っているので、めしの支度や洗濯などはやってもらっているらしい。

「瀬川、道場からの帰りに尾けられたようだぞ」

彦四郎は座敷に腰を下ろすと、すぐに言った。

「だれが、それがしを尾けたのです」

瀬川が驚いたような顔をして訊いた。

「名は、北村彦兵衛と市田八之助。島中藩士らしい」

「知っています！」

瀬川が声を上げた。

「ふたりは、鬼斎流一門か」

「はい、ふたりとも鬼斎流で、菊池や池田と親しくしていました。……すると、北村と市田は坂井や前園たちを襲った一味ですか」

「手引き役ではないかとみているのだ」

彦四郎が言った。

「北村と市田も、町宿らしいな」

藤兵衛が、脇から口をはさんだ。

「はい、長谷川町だと聞いていますが」

瀬川は、ふたりの町宿がどこにあるのかは知らないという。

「どこに住んでいるかも、つかんでいるのだ」

彦四郎が言った。

「よく分かりましたね」

瀬川が驚いたような顔をして訊いた。

「いや、おれが突き止めたのではない。佐太郎だ。……瀬川が北村たちに尾けられているのを佐太郎が目にしてな、ふたりの跡を尾けたらしい」

彦四郎が、その経緯をかいつまんで話した。

瀬川は、佐太郎を知っていた。佐太郎が道場に顔を出したとき、瀬川とも話している。

「それで、北村と市田をどうするのです」

瀬川が訊いた。

「松波どのや稲垣どのの判断に任せるつもりだが、ともかくすぐにも手を打ちたい」

彦四郎は、北村と市田を泳がせておき、菊池や渋沢たちの隠れ家をつきとめる手もあるとみていた。ただ、何日も北村たちをこのままにしておくことはできなかった。瀬川もそうだが、里美やお花がいつ襲われるか分からないのだ。

「それがしが、松波さまに連絡をとりましょうか」

瀬川が言った。

「そうしてくれ」

彦四郎は、瀬川に松波への連絡を頼みたいこともあってここに来ていたのだ。

「今日にも、藩邸へ行きます」

瀬川がそう言ったとき、

「瀬川、油断するなよ。……おまえは、渋沢や菊池たちに狙われているのだからな」

藤兵衛が、厳しい顔をして言った。

「油断はしません」

そう言って、瀬川が表情をひきしめた。

5

陽は家並の向こうに沈んでいた。西の空には、まだ残照がひろがっていたが、家の軒下や樹陰には、淡い夕闇が忍び寄っている。

浜町堀沿いの通りには、ぽつぽつ人影があった。仕事を終えた出職《でしょく》の職人、風呂敷包みを背負った行商人、遊びから帰る子供などが、迫りくる夕闇に急《せ》かされるように足早に通り過ぎていく。

浜町堀にかかる栄橋のたもとに、六人の武士が集まっていた。彦四郎、永倉、瀬川、稲垣、それに目付筋の者がふたりいた。木島《きじま》と土屋《つちや》という藩士で、稲垣が配下の徒目付のなかから腕のたつふたりを選んで連れてきたらしい。

彦四郎と藤兵衛が、瀬川と会って三日経っていた。彦四郎は稲垣と会い、今日の夕方、北村と市田を捕えることにしたのだ。

藤兵衛は、この場にいなかった。念のために、里美とお花のそばに残ってもらったのである。

彦四郎たちが栄橋のたもとに顔をそろえてしばらくすると、右手の路地から佐太郎が走ってきた。佐太郎は、弥八とともに北村と市田の住む仕舞屋を見張っていたのだ。

「どうだ、北村たちはいるか」

すぐに、彦四郎が訊いた。

「ふたりは、家にいやす」

佐太郎がその場に集まっている瀬川や稲垣にも聞こえる声で言った。

「弥八は」

彦四郎は声をひそめて訊いた。弥八は、島中藩の家臣たちに自分のことを知られたくないらしかった。そのことを、彦四郎も知っていたのだ。

「……親分は、まだ見張っていやす」

佐太郎が彦四郎に身を寄せ、耳元でささやいた。

「よし、そろそろ行くか」

彦四郎が、瀬川たちにも聞こえる声で言った。

「こっちで――」

佐太郎が先にたった。

右手の路地をしばらく歩き、長谷川町に入って間もなく、佐太郎が足をとめ、

「そこの板塀をめぐらせた家でさァ」

と言って、路地の先を指差した。

三軒先に、板塀をめぐらせた仕舞屋があった。借家にしては大きな造りである。淡い夕闇につつまれ、ひっそりとしている。

「弥八は？」

彦四郎が佐太郎に身を寄せて小声で訊いた。

「斜向かいの下駄屋の陰にいやす」

「……………」

見ると、小体な店があった。すでに店仕舞いし、表戸がしめられていたが、軒下に下がっている下駄の看板で、下駄屋と分かった。

「佐太郎、後は手筈《てはず》どおりだ」

彦四郎が言うと、佐太郎はニヤリと笑い、

「承知しやした」

と言い置いて、その場を小走りに離れた。

弥八とふたりで仕舞屋の見張りをつづけ、北村か市田が逃走したら跡を尾けて行き先をつきとめることになっていたのだ。

「踏み込みますか」

彦四郎が稲垣に声をかけた。藩士たちの指揮をとるのは、稲垣である。

「よし」

稲垣が瀬川たちに目をやって手を振った。

稲垣、瀬川、木島、土屋の四人が先にたち、彦四郎と永倉がつづいた。

辺りは夕闇につつまれていたが、まだ提灯《ちょうちん》はいらなかった。路地も家々もはっきりと見える。

木戸門をくぐると、すぐ正面に戸口があった。板戸がしめてあったが、かすかに戸の隙間から灯《ひ》が洩れていた。部屋の行灯《あんどん》が点っているらしい。

稲垣たち四人は、足音を忍ばせて戸口まで来ると、彦四郎と永倉に、

「手筈どおり、表と裏手から踏み込む」

と、小声で言った。

彦四郎は、佐太郎から家の裏手に背戸《せど》があり、そこからも出入りできるらしいと聞いていた。それで、稲垣と打ち合わせたおり、戸口近くで表と裏手に分かれ、同時に踏み込む手筈になっていたのだ。

彦四郎と永倉は、無言でうなずいた。

稲垣、木島、彦四郎の三人が表口で、瀬川、土屋、永倉の三人が裏手の背戸から踏み込むのである。

彦四郎たち三人は、表の板戸に身を寄せた。脇が一寸ほど、あいたままになっている。まだ、戸締まりはしていないようだ。もっとも、住んでいるのは武士ふたりである。戸締まりなど、暗くなる前からするはずもない。

家のなかから話し声が聞こえた。くぐもったような声で、何を話しているか分からなかったが、男の声であることは知れた。北村と市田が話しているにちがいない。

彦四郎たちは、戸口に身を寄せたまま瀬川たちが裏手から踏み込むのを待った。背戸をあける音が聞こえたら、表から踏み込むのである。

彦四郎たちが耳をそばだてて待つと、家の裏手で引き戸をあける音が聞こえた。

「踏み込むぞ！」

稲垣が、板戸を引いた。

戸は重い音をひびかせてあいた。すぐに、稲垣と木島が踏み込み、彦四郎がつづいた。

敷居につづいて狭い土間があり、その先に板間があった。板間の奥が座敷になっている。

座敷にふたりの男が座していた。食膳がふたりの膝先に置いてあった。夕めしを食っていたらしい。座敷の隅に置かれた行灯の灯が、ふたりを照らし出している。

丸顔の男が、土間に立った稲垣を見て、

「稲垣さま！」

と、目を瞠いて声を上げた。顔から血の気が引き、箸を持った手が震えている。

6

「北村、市田、いっしょに来てもらうぞ」

稲垣が鋭い声で言った。

「あ、明日、藩邸にまいります」

もうひとりの痩身の武士が、傍らに置いてあった大刀を手にして立ち上がった。顔がひき攣ったようにゆがんでいる。

すると、丸顔の武士も刀を手にして立ち上がった。ふたりとも、稲垣たちに従うつもりはないようだ。

「明日ではない。いまからだ」

稲垣も刀の柄に右手を添えた。

木島が刀を抜き、土間の隅から板間に上がった。これを見たふたりの武士も抜刀し、切っ先を稲垣と木島にむけた。

……やるしかないようだ。

彦四郎も抜いた。

そのとき、裏手で床板を踏む荒々しい足音が聞こえた。裏手から踏み込んだ瀬川たちが近づいてきた。

「市田！　逃げるぞ」

叫びざま、丸顔の武士が刀を振り上げ、いきなり木島の前に踏み込んできた。

どうやら、痩身の武士が市田で、丸顔の武士が北村らしい。

イヤアッ！

いきなり、北村が甲走った気合を発し、木島に斬り込んだ。木島なら斃《たお》せるとみたのかもしれない。

咄嗟に、木島が刀身を振り上げ、北村の斬撃を頭上で受けた。だが、体勢がくずれていたため、腰がくだけてよろめいた。

……木島が斬られる！

とみた彦四郎は、鋭い気合を発して斬り込んだ。

ザクリ、と北村の肩から背にかけて、小袖が裂けた。彦四郎の一颯《いっさつ》が背後から袈裟へ——。一瞬の太刀捌きである。

北村が身をのけ反らせ、動きをとめてその場につっ立った。あらわになった肩から背にかけて血が迸り出、板間に飛び散って音をたてた。

「押さえろ！」

稲垣が叫ぶと、木島がすばやく北村に身を寄せて、手にした刀を奪い取り、足をかけて板間に押し倒した。

このとき、市田は青眼に構え、瀬川に切っ先をむけて踏み込んだ。

タアアッ！

甲高い気合を発し、市田が袈裟に斬り込んだ。

瞬間、瀬川は市田の斬撃を受けずに、後ろに跳んだ。受けるだけの間がなかったのである。

さらに、市田は踏み込み、ふりかぶりざま瀬川に斬りつけようとした。

咄嗟に、瀬川の脇にいた永倉が、鋭い気合とともに刀身を横に払った。永倉の剛剣が市田の胴をとらえた。

グワッ！　という呻き声を上げ、市田が上半身を前にかしげさせてよろめいた。

市田は何とか足をとめると、左手で腹を押さえた。その指の間から臓腑《ぞうふ》が覗き、血が滴り落ちている。永倉の一撃が、市田の腹を深く抉ったのである。

市田は刀を取り落とし、その場にへたり込んだ。両手で腹を押さえ、苦しげな呻き声を上げている。

闘いは終わった。

北村と市田は、深手を負っていた。北村と市田が刀を手にして斬りかかってきたため、彦四郎たちはふたりを捕えることができなかったのだ。もっとも、初めから北村と市田が、おとなしく稲垣に従うとは思えなかったので、斬り合いになる覚悟はしていた。

ただ、北村と市田は生きていたので、彦四郎たちはその場で話を聞くことにした。彦四郎と稲垣は、北村の前に立った。市田は瀕死の重傷で、訊問できる状態ではなかったのだ。

北村は紙のように蒼《あお》ざめた顔で、体を顫わせていた。肩から背中にかけて小袖がどっぷりと血を吸い、所々から滴り落ちていた。深い傷で、出血が激しい。

「北村、菊池と池田は、どこにいる」

稲垣は、もっとも知りたいことから訊いた。北村の命も、長くないとみたのである。

「……し、知らぬ」

北村が顔をしかめて言った。

「渋沢と宇津は、どこにいる」

さらに、稲垣が語気を強くして訊いた。

「………！」

北村が驚いたような顔をした。渋沢と宇津の名までつかまれているとは、思わなかったのだろう。

「北村、このままでは、おぬしのしたことで北村家はつぶれ、縁戚まで累が及ぶぞ。だが、おぬしは此度の件の首謀者ではない。上役の指図にしたがっただけであろう。……そうだな、北村」

「そ、そうだ」

「ならば、おぬしに罪はないはずだ。……おぬしに指図していた菊池と池田はどこにいる」

稲垣は北村に自白させるために処罰のことを口にしたらしい。

「は、浜松町だ」

北村が声をつまらせて答えた。

浜松町は、増上寺の東方、東海道沿いにひろがる町である。

「浜松町のどこだ！」

「ううっ……」

北村が苦しげな呻き声を洩らした。体の顫えが激しくなっている。

「浜松町のどこだ」

「…………」

北村は何か言いかけて、唇が動いたが、言葉にならなかった。

「借家か」

「…………」

グッ、と、北村が喉のつまったような声を洩らして身をのけ反らせた。次の瞬間、がっくりと北村の首が落ち、体から力が抜けた。

「死んだ」

稲垣がつぶやくような声で言った。

それから、彦四郎と稲垣は市田のそばに行ったが、すでに絶命していた。

「浜松町を虱潰《しらみつぶ》しに当たるしかないな」

稲垣が、木島と土屋に目をむけて言った。

7

稲垣はすぐに手を打った。北村と市田の住む町宿に踏み込んだ翌日、ひそかに配下の徒目付たちを集めて浜松町にむけた。菊池と池田の隠れ家を探すためである。浜松町は、東海道沿いに一丁目から四丁目まで細長くつづいている。稲垣は、徒目付たちを四組に分けて区分ごとに、借家、長屋、空き家などを虱潰しに当たらせた。

探索を始めて四日後、四丁目を当たっていた萩原《はぎわら》という徒目付が、それらしい借家をつきとめてきた。

「戸沢伊助《とざわいすけ》という牢人者《ろうにんもの》が、ひとりで住んでいる借家がありました。……戸沢は、話を聞くと、人相や年恰好が菊池と似ております」

と、萩原が知らせた。

「正体を隠すために、名を変え、牢人を装っているのかもしれん。……それで、ひとりなのか」

稲垣が、念を押すように訊いた。菊池と池田は、浜松町の同じ隠れ家にいるとみていたのだ。

「ひとりのようです」

「うむ……」

稲垣は、北村が浜松町と口にしただけで、ふたりいるとは口にしなかったことを思い出した。

「ともかく、そやつが菊池かどうかはっきりさせよう」

稲垣は、菊池の顔を知っている原山《はらやま》という徒目付を萩原に同行させ、四丁目にむかわせた。

その日の夕方、萩原と原山は藩邸にもどって来て、

「まちがいなく、菊池です」

と、原山が稲垣に言った。

すぐに、稲垣は彦四郎に連絡をとった。

相手が菊池ひとりなので、目付筋の者だけで捕えてもよかったが、彦四郎と永倉の手も借りることにしたのだ。それというのも、彦四郎と永倉はこれまでの経緯をよく知っていたし、今後、鬼斎流一門や梟組の者と闘うためには、千坂道場の手を借りる必要があったからである。

稲垣から話を聞いた彦四郎は、

「何としても菊池は、生きたまま捕えなければ」

と、言った。永倉も、稲垣も同じ考えであろう。

「寝込みを襲うか」

永倉が言った。

「それがいい」

稲垣も同意した。菊池が寝込んでいるところに踏み込めば、斬らずに捕縛できるとみたのである。

翌日、彦四郎と永倉は、稲垣が手配してくれた増上寺《ぞうじょうじ》の門前近くにある宿屋に草鞋を脱いだ。島中藩の上屋敷の長屋に泊まることもできたが、鬼斎流の藩士に気付かれる恐れがあったのである。

翌朝、彦四郎と永倉は暗いうちに宿を出て、新堀川にかかる金杉橋にむかった。橋のたもとで、稲垣たちが待っていることになっていたのだ。

東海道は、まだ深い夜陰につつまれていた。日中は大勢の旅人や荷駄を引く馬子などが行き交っているのだが、いまはまったく人影はなかった。街道沿いの店も大戸をしめ、夜の帳《とばり》につつまれている。

橋のたもとに黒い人影があった。待っていたのは、稲垣、瀬川、木島、土屋、それに原山だった。

木島と土屋が提灯を持っていた。その明かりが、五人の男をぼんやりと照らし出していた。

「夜分、ご苦労でござる」

稲垣が、彦四郎と永倉に言った。

「菊池は、隠れ家にいるのだな」

彦四郎が訊いた。

稲垣の脇にいた原山が、

「いるようです」

と答え、いま、萩原が見張っています、と言い添えた。

「行くぞ」

稲垣が声をかけると、原山が先にたった。

原山が先導して東海道を一町ほど南にもどってから、右手の路地に入った。そこは狭い路地のせいもあって、闇が深くなったように思えた。ただ、提灯が足元を照らしてくれるので、歩くのに支障はなかった。

路地に入っていっとき歩いたところで、原山が足をとめ、

「その家です」

と言って、斜向かいの仕舞屋を指差した。借家ふうの古い仕舞屋である。

そのとき、路地の先に足音がし、黒い人影が見えた。萩原だった。小走りに、近付いてくる。

「菊池はいるな」

すぐに、稲垣が萩原に訊いた。

「おります。昨日、陽が沈んでから、家を出ておりません」

萩原が声をひそめて言った。どうやら、萩原は昨夜から寝ずに、隠れ家を見張っていたようだ。

「踏み込むか」

稲垣が東の空に目をやって言った。

ほんのりと曙色《あけぼのいろ》に染まっていた。上空も夜の闇が薄れ、星も輝きを失っている。

ただ、路地はまだ夜陰につつまれ、路地沿いの家々は寝静まっていた。

「いまなら、菊池も寝込んでいるだろう」

彦四郎は、いい頃合だと思った。

稲垣と配下の目付筋の者が先にたち、彦四郎と永倉は後ろについた。捕縛は稲垣たちにまかせようと思ったのである。

戸口の板戸は、しまっていた。萩原が戸を引いたが、あかなかった。菊池は用心して心張り棒をかっているようだ。

稲垣は板戸に目をやり、「古い戸だ、すぐに破れる」とつぶやき、

「ぶち破れ」

と、木島と土屋に目をむけて命じた。

「ハッ」

すぐに、木島が鉈《なた》を取り出した。戸を破るために、持ってきたらしい。

木島が鉈をふるうと、バリッ、と音がし、木戸の板が一枚砕けて木片がぶら下がった。古い板なので、簡単に破れたようだ。

木島は穴のあいた戸に手を差し入れ、心張り棒を取り外した。木戸は、すぐにあいた。

家のなかは闇につつまれていたが、木島と土屋の手にした提灯の灯が、ぼんやり

と照らしだした。狭い土間の先が、座敷になっている。火鉢や衣桁などが置かれていたが、人影はなかった。

「奥だ！」

稲垣が声を上げた。

座敷の奥に障子がたててあり、その向こうで物音がした。夜具を撥《は》ね除《の》けるような音である。そこが、寝間になっているのかもしれない。

「踏み込め！」

稲垣が叫びざま、座敷に踏み込んだ。

すぐに、瀬川たちがつづき、さらに彦四郎と永倉が座敷に上がった。

稲垣が障子をあけはなった。そこも座敷だった。夜具が敷かれている。提灯の明かりに、寝間着姿の男が照らしだされた。男は、何か探すように座敷に目をやっていた。刀であろう。

「菊池を押さえろ！」

稲垣が声を上げると、提灯を持っていない瀬川と原山が菊池に飛び付き、足をからめて畳に押し倒した。

菊池は呻き声を上げ這って逃げようとしたが、瀬川と原山に両肩を押さえつけられた。

「菊池、動くな！」

稲垣が、切っ先を菊池の首にむけた。

菊池の動きがとまった。ひき攣ったように顔をゆがめ、ハァ、ハァ、と荒い息を洩らしている。

瀬川と原山が菊池を畳に座らせ、後ろ手にとって細引《ほそびき》で縛った。

8

座敷が白んできた。どこか遠くで、一番鶏の声が聞こえる。

木島と土屋は、提灯の火を消していた。菊池は土間に近い座敷に連れ出され、稲垣や彦四郎たちが取りかこんでいる。

「菊池、おぬしたちが何をしたか、あらかた分かっている。……前園や池谷、それに坂井や黒田を斬ったのはおぬしたちだな」

稲垣は菊池を見すえて訊いた。

「………！」

菊池は口をつぐんでいた。顔が蒼ざめ、体を顫わせている。ひどい姿だった。元結《もっとい》が切れてざんばら髪で、髭も伸びていた。寝間着ははだけ、胸や腹や太股があらわになっている。

稲垣の脇にいた彦四郎が、

「菊池、なぜ、前園たちを斬ったのだ。……千坂道場の門弟だからか」

と、語気を強くして訊いた。

「……そうだ。町道場のおぬしらといっしょになって、鬼斎流を貶《おとし》めたからだ」

菊池の声には、憎悪のひびきがあった。

「千坂道場に恨みがあるなら、おれを斬ればいいではないか」

彦四郎の声に、怒りのひびきがくわわった。たとえ、遺恨を晴らすためであっても、門弟を闇討ちするなど、剣を修行する者のやり方ではない。

「おぬしも、斬るつもりだったのだ」

菊池は、隠すつもりはないらしい。もっとも、此《こ》の期《ご》に及んで隠しても、どうにもならないだろう。

「うぬらは、女子供まで狙ったのだぞ」

さらに、彦四郎が怒りの声で言った。

「女子供を狙ったのは、おれたちではない」

「梟組の者か」

「そ、そうだ」

菊池が驚いたような顔をした。彦四郎が梟組のことを知っているとは、思わなかったのであろう。

「梟組の者が、なにゆえ女子供の命を狙う」

「おれは知らぬが、女子供が若君に剣術の指南をしていることが気にいらなかったのだろう。おれもそうだが……」

菊池の口許に嘲笑《ちようしよう》が浮いたが、すぐに消えた。

「土佐守さまが、望まれたことだぞ」

里美とお花に、長太郎君の稽古相手をするように望んだのは、藩主の直親である。

「殿が望まれるように、おぬしらが仕向けたからだ」

「仕向けたわけではない」

「いずれにしろ、女子供が稽古相手として藩邸に出入りしているのが、我慢ならなかったのだろう」

菊池が言った。

「うむ……」

彦四郎が怒りの色を浮かべたまま身を引くと、入れ替わるように稲垣が菊池の前に立ち、

「梟組は、何人江戸に入ったのだ」

と、菊池を見すえて訊いた。

「……三人と聞いたが、はっきりしたことは知らぬ。……梟組の者は、姿を見られるのも嫌うからな」

「女もいるな」

「ひとりいると聞いている」

「他のふたりは？」

「何者か知らぬ。おれは、会ったこともない」

菊池がはっきりと言った。

「鬼斎流の渋沢道玄と宇津桑十郎なる者が江戸に来たようだが、ふたりはどこにいる」

稲垣が矛先を変えた。

「知らぬ。……おれたちは、居所が洩れないように、仲間内にも知らせないようにしているのだ」

「それでは、どうやって連絡をとるのだ」

稲垣の語気が強くなった、

「池田が連絡役《つなぎ》で、何かあれば知らせに来る」

「その池田はどこにいる」

「知らぬ。池田は居所をつかまれないように用心しているからな。……京橋界隈《かいわい》だと聞いているが……」

菊池によると、藩邸を出た後、ふたりでこの借家に住んでいたが、半年ほど前に池田が出たという。

「うむ……」

稲垣は、それ以上池田のことを訊かなかった。菊池が嘘をついているとは、思わなかったのだろう。

「ところで、おぬしたちは、ご家老を襲ったな」

稲垣が、また矛先を変えた。

「…………」

菊池は答えなかったが、否定もしなかった。

「なぜ、ご家老の命を狙うのだ」

「御留守居役やおぬしたちに与したからだ」

菊池が小声で答えた。

「ご家老の命を狙うように指図したのは、だれだ」

稲垣は語気を強くして訊いた。

「渋沢どのだ」

菊池によれば、渋沢は国許の鬼斎流道場で長く師範代をしていた遣い手で、出府してからは一門の者を束ねるような立場にいるという。

「だが、渋沢の一存ではあるまい」

鬼斎流一門が一刀流の道場主や門弟を狙うなら分かるが、家老を狙うのは流派間の対立ではなく、別の意図があってのことだろう、と稲垣は思ったようだ。

「お、おれは知らぬ……」

菊池が言いにくそうな顔をした。

「側用人の田代さまではないのか」

稲垣は田代の名を出した。

「……し、渋沢どのが、田代さまと会ったことは知っているが、何を話したのか、おれは聞いていない」

菊池が声をつまらせて言った。

「渋沢と田代は、会ったことがあるのだな」

稲垣は田代を呼び捨てにした。敵の黒幕とみたからであろう。

第四章　横薙ぎの太刀

1

彦四郎は茶を飲み終えると、

「里美、暗くなる前に帰るか」

と、声をかけた。

彦四郎は、里美とお花を連れて柳橋の華村に来ていた。

鬼斎流の者たちに門弟を殺されたこともあって、彦四郎たちはここしばらく華村に来ていなかったのだ。

一昨日、千坂道場に顔を出した藤兵衛が、

「どうだ、華村に来んか。由江が寂しがっていたぞ」

と言い出し、お花を連れて来ることになったのである。

お花は、華村の御馳走を食べ、由江に折り紙などをして遊んでもらい、ひどく喜んでいた。お花は、まだ子供なのである。

まだ、七ツ(午後四時)を過ぎて間がなかった。暗くなる前に、千坂道場に帰れるだろう。

「はい、襲われないように、人通りのあるうちに帰りましょう」

里美の胸の内にも、梟組の女に襲われたときのことが残っているようだった。

藤兵衛も由江も、彦四郎たちを引きとめなかった。ふたりにも、暗くなる前に帰った方がいいという思いがあるようだ。

「わしも、いっしょに行こう」

藤兵衛が立ち上がった。

「義父上も……」

彦四郎は、これから道場に行ったら帰れなくなると思った。

「今夜は、道場に泊めてもらう」

藤兵衛は、その気になっている。

「祖父《じい》さま、いっしょに行こ」

お花が藤兵衛の袂をつかんで言った。

「花といっしょだな」

藤兵衛は目を細めて嬉《うれ》しそうな顔をした。

「藤兵衛どのの家は、華村ですからね。……帰ってきてくださいよ」

由江が玄関先まで送ってきて、藤兵衛の耳元でささやいた。

由江は藤兵衛のことを、おまえさんとも旦那さまとも呼ばなかった。いっしょになる前と同じように、藤兵衛どの、と呼んでいる。照れくさいのだろう。

「明日、昼前に帰る」

そう言い置いて、藤兵衛は彦四郎たちと通りに出た。

彦四郎たちは、神田川沿いの道を西にむかった。浅草橋を渡り、柳原通りを通って千坂道場のある豊島町まで行くつもりだった。華村から千坂道場までのいつもの道筋である。

柳橋の道筋は、夕暮れ時のように薄暗かった。曇天のせいであろう。

彦四郎と藤兵衛が前を歩き、すぐ後に里美とお花がついた。彦四郎たちは、ときおり足をとめて、里美たちを待った。彦四郎たちはゆっくり歩いたが、お花の足が遅いので、どうしても里美たちが後れがちになる。

柳原通りはいつもより人通りはすくなかったが、それでも行き交う人が途絶えることはなかった。通り沿いにある古着を売る床店もひらいていて、客がたかっている。

四人は柳原通りを筋違御門の方にむかって歩いた。しばらく行くと、前方に神田川にかかる新《あたら》シ橋が見えてきた。

そのとき、彦四郎は背後を振り返った。鬼斎流一門の者たちが、気になっていたのである。行き交う人々のなかには、武士の姿も多かった。御家人らしい武士、供連れの旗本、牢人ふうの武士など様々である。

……あのふたり、郡代屋敷のそばでも目にしたな。

彦四郎は、ふたりの武士を見かけたような気がした。ひとりは巨軀で、ひとりは中背である。

ふたりの武士は、網代笠《あじろがさ》をかぶっていた。たっつけ袴に草鞋履きで、大小を帯びている。

彦四郎が背後を気にしていると、

「どうした、彦四郎」

と、藤兵衛が訊いた。

「後ろのふたり、気になります」

彦四郎が小声で言った。

藤兵衛はさりげなく背後に目をやり、

「ふたりとも、遣い手のようだ。……それに、殺気がある」

藤兵衛の顔がけわしくなった。

後ろを歩いていた里美も、彦四郎と藤兵衛が背後を気にしているのに気付き、歩きながらそれとなく目をやった。

里美も後ろのふたりの武士に気付いたようで、彦四郎と目が合うと、顔をけわしくしてちいさくうなずいた。

「いずれにしろ、相手はふたりだ」

藤兵衛が言った。

「はい……」

彦四郎も、相手がふたりなら後れをとることはないとみた。

新シ橋のたもとを通り過ぎたところで、彦四郎たちは左手の路地に入った。その辺りは、豊島町である。路地をしばらくたどれば、千坂道場の前に出られる。

路地は、柳原通りとちがって人通りがすくなかった。仕事を終えた職人や大工、御家人ふうの武士などが、足早に通り過ぎていく。

路地の左右に人家がなく、空き地と笹藪《ささやぶ》になっているところまで来たときだった。

「見ろ、笹藪の陰を！」

藤兵衛が足をとめて言った。

見ると、笹藪の陰に人影があった。ふたり――。ひとりは武士、もうひとりは町人体だった。

武士は網代笠をかぶり、袴に草鞋履きで二刀を帯びていた。町人は手ぬぐいで頬っかむりをし、股引に草鞋履きである。

「待ち伏せか！」

笹藪のふたりは、後ろのふたりとここで挟み撃ちにするつもりで待ち伏せしていたようだ。

ふたりは笹藪の陰から出ると、彦四郎たちの行く手をふさぐように路地に立った。

背後のふたりの武士は、足早に彦四郎たちに近付いてくる。

彦四郎は、背後に身を寄せた里美に、

「花を守れ！　おれと義父上とで、相手する」

と言って、小刀を抜いて、里美に渡した。里美は懐剣を持っていたが、小刀の方が遣いやすいはずである。

「はい！」

里美は顔をひきしめてうなずいた。

お花も異変を察知したらしく、口を強く結び、里美の脇に身を寄せた。怯えや恐怖の色はなかった。お花も、里美や彦四郎とともにこうした修羅場を何度かくぐっていたのである。

2

彦四郎たちは、道沿いの仕舞屋をかこった板塀を背にして立った。彦四郎と藤兵衛が前に立ち、里美とお花はふたりの後ろについた。背後にまわられない場所を選んだのである。

右手からふたり、左手からふたり――。四人の男が、彦四郎たちの前に駆け寄ってきた。

彦四郎の前に、中背の武士が立った。二十代半ばであろうか。浅黒い肌をし、切れ長の細い目をしていた。

中背の武士はすぐに抜刀し、切っ先を彦四郎にむけた。構えは青眼、腰の据わった隙のない構えである。

彦四郎も刀を抜き、切っ先を宇津にむけながら、

「鬼斎流の宇津か」

と、訊いた。渋沢は巨軀だと聞いていたので、対峙した中背の武士は宇津ではないかと推測したのだ。

「よく分かったな」

宇津は、否定しなかった。名前を隠す気はなかったのかもしれない。

彦四郎と宇津の間合は、およそ三間――。まだ、一足一刀の斬撃の間境の外である。

……こやつ、できる！

と、彦四郎は思った。

宇津の構えに隙がないだけではなかった。彦四郎の目線にむけられた剣尖に、そのまま眼前に迫ってくるような威圧感があった。

宇津も彦四郎と切っ先を合わせたとき、驚いたような顔をした。彦四郎が遣い手と察知したのだろう。

だが、宇津はすぐに表情を消し、足裏を摺るようにしてジリジリと間合を狭めてきた。

一方、藤兵衛は渋沢と対峙していた。

……こやつが、渋沢か！

すぐに、藤兵衛は渋沢と分かった。彦四郎から、渋沢は六尺ちかい大兵らしいと聞いていたからである。

「老いぼれ、手向かう気か」

言いざま、渋沢が刀を抜いた。刀身が、ギラリとひかった。三尺ちかい長刀である。

……両刃か！

藤兵衛は驚いた。

反りのすくない長刀で、切っ先から五寸ほどだけ、峰にも刃がついていた。

「そっ首、たたっ斬ってくれる！」

渋沢は青眼に構えた後、刀身を引いて切っ先を右手にむけた。刀身が胸の高さで水平になり、真横をむいている。

「妙な構えだ」

藤兵衛がつぶやいた。

刀身の高さは、八相と脇構えの中間ぐらいだった。しかも、腰を深く沈めている。

藤兵衛は、この構えからでは、刀を横に払うしかない、とみてとった。

渋沢の面は、がらあきだった。だが、渋沢の面の隙は誘いとみた。藤兵衛が面に斬り込んだ瞬間、渋沢は胴を払うだろう。長刀だけに、藤兵衛の切っ先が面にとどく前に、腹をえぐられる。

「横薙《よこな》ぎの太刀……」

渋沢が低い声で言った。

藤兵衛は抜刀して青眼に構えると、切っ先を渋沢の目線につけた。どっしりと腰の据わった隙のない構えである。しかも、藤兵衛の全身に気勢がみなぎり、剣尖に、そのまま迫ってくるような威圧感があった。巌《いわお》のような構えである。

「おぬし、できるな」

渋沢が驚いたような顔をしたが、すぐに表情が消えた。

藤兵衛と渋沢との間合は、三間半ほどだった。ふたりは、対峙したまま動かなかった。お互いが、相手を手練《てだれ》とみて、すぐに仕掛けられなかったのである。

このとき、里美は御家人ふうの武士と対峙していた。池田である。ただ、里美には武士が網代笠をかぶっていたこともあって何者か分からなかった。

池田は青眼に構え、切っ先を里美にむけた。やや剣尖が高い。真剣勝負で気が昂《たかぶ》り、刀に力が入っているのだ。

「さァ、きなさい！」

里美が鋭い声で言った。

色白の顔がひきしまり、双眸に刺すようなひかりが宿っている。女とは思えないけわしい顔付きである。

もうひとり町人体の男は、匕首《あいくち》を手にし、お花に近付こうとしていた。初めから、この男はお花を狙っていたようだ。

だが、男はお花に近付けなかった。お花は里美と彦四郎の間に入り、しかもふたりが刀をふるえるだけの間をとっていた。子供ではあるが、お花は父と母が敵と対峙し、刀をふるえるだけの間をとらなければ、闘えないことを知っていたのだ。


彦四郎と宇津との間合が、一足一刀の間境に迫ってきた。ふたりの全身に気勢がみなぎり、斬撃の気配が高まってきている。

ふいに、宇津の寄り身がとまった。斬撃の間境に、あと一歩の間合である。

……この間合から、仕掛けてくるのか。

と、彦四郎が思ったときだった。

ピクッ、と宇津の剣尖が動き、全身に斬撃の気がはしった。

刹那、宇津は一歩踏み込み、つッ、と切っ先を突き出した。

……突きか！

と、彦四郎が察知した瞬間、宇津の体が躍動した。

突きとみせて、籠手へ――。一瞬の早業である。

間髪をいれず、彦四郎も鋭い気合を発して斬り込んでいた。一歩身を引きざま、真っ向へ――。

次の瞬間、彦四郎は右の前腕に、かすかな疼痛《とうつう》を覚えた。皮肉がうすく裂けて、血の色がある。

一方、宇津の額には縦に血の線がはしった。血がふつふつと噴き、赤い筋を引いて流れ落ちている。彦四郎の切っ先が、宇津の額をうすく斬り裂いたのだ。

一合した次の瞬間、ふたりは大きく後ろに跳んで間合をとると、ふたたび青眼に構え合った。

「互角か」

宇津が顔をゆがめながら言った。額から流れ落ちる血が、目に入るようだ。

「そうかな」

彦四郎は、互角とは思わなかった。確かに、ふたりとも切っ先で相手の皮肉をうすく斬り裂いただけである。だが、彦四郎は腕で、宇津は額だった。額の傷から流れ出た血は目に入り、視界がとざされる。

「いくぞ！」

今度は、彦四郎が先に仕掛けた。

足裏を摺るようにして、間合を狭めていく。

3

藤兵衛は、渋沢と三間半ほどの間合をとって対峙していた。藤兵衛は青眼に構え、渋沢は横薙ぎの構えである。

ふたりは、しばらく全身に気勢を込めて斬撃の気配を見せ、気魄《きはく》で攻めていた。気攻めである。

ふたりは塑像のように動かず、気の攻防をつづけていた。

そのとき、彦四郎の鋭い気合がひびき、ふたりの剣の磁場を突き破った。

ズズッ、と渋沢の足元で音がした。腰を低く沈めたまま摺り足で身を寄せてくる。横に伸びた長刀が、いまにも襲ってきそうである。

藤兵衛は動かなかった。気を静めて、渋沢との間合と斬撃の起こりを読んでいる。

渋沢が一足一刀の斬撃の間境に迫ってきた。

と、渋沢の腰がわずかに浮き、刀身がすこし高くなった。

次の瞬間、渋沢の全身に斬撃の気がはしった。

……くる！

と感知した瞬間、藤兵衛は半歩身を引いた。一瞬の動きである。

イヤァッ！

裂帛の気合がひびき、渋沢の巨軀が躍動した。

刹那、閃光が藤兵衛の腹のあたりを横にはしった。横薙ぎの太刀の初太刀《しょだち》である。

藤兵衛は、渋沢の面があいているのを感知したが、面には斬り込まなかった。面の隙は誘いだと察知していたからである。

次の瞬間、藤兵衛の目に、渋沢の切っ先が反転したように映じた。

咄嗟に、藤兵衛は身を引きざま、突き込むように籠手に斬り込んだ。体が反応したのである。

ほぼ同時に、渋沢は胴を薙いだ刀身を返さず、そのまま横に払った。峰の刃で、藤兵衛の首を狙ったのだ。

胴から首へ――。横薙ぎの太刀の連続技である。

藤兵衛の耳元で刃唸りがし、ザクッ、と小袖の襟元が横に裂けた。藤兵衛が咄嗟に身を引いたため、渋沢の切っ先は首までとどかず、小袖の襟元を斬り裂いたのである。

藤兵衛の切っ先も、身を引いたために渋沢の腕までとどかなかった。切っ先が、渋沢の鍔にあたり、にぶい金属音をたてただけである。

ふたりは大きく背後に跳んで間合をとると、ふたたび青眼と横薙ぎの太刀の構えをとった。

「おそろしい剣だ……」

藤兵衛がつぶやくような声で言った。

顔がひきしまり、双眸が猛禽のようにひかっている。藤兵衛の顔から、好々爺のような穏やかな表情は消えていた。剣客らしい鋭い顔付きである。

「おれの横薙ぎの太刀をよくかわしたな」

渋沢の口許に薄笑いが浮いた。だが、目は笑っていなかった。顔に血がのぼって赭黒く染まり、双眸が炯々《けいけい》とひかっている。閻魔《えんま》のような顔である。

「だが、次はうぬの首を落としてくれる」

渋沢は、ジリジリと間合を狭め始めた。


すでに、里美は池田と一合していた。里美の左袖が裂け、色白の二の腕があらわになっている。だが、血の色はなかった。小袖を切り裂かれただけらしい。

池田の小袖の肩先も裂け、血の色があった。深手ではなかったが、里美の切っ先にとらえられたようだ。

池田の顔に、驚愕と恐れの色があった。女だと侮っていた里美が、男にも勝る剣の冴えを見せたからであろう。

お花は、里美の左後方にいた、背後の板塀に身を寄せている。町人体の男は、お花に近付けないでいた。

板塀があってお花の背後にはまわれず、里美と彦四郎の間を抜けなければ、お花に近付けないのだ。里美と彦四郎も、お花を守るために、町人体の男を通さない間合を保っている。

「かかってきなさい！」

里美が池田を見すえて鋭い声で言った。

双眸が鋭くひかり、色白の顔が朱を刷いたように染まっている。

「お、女の分際で、刀など振りまわしおって……」

池田は憎悪に顔をゆがめて嘲罵《ちょうば》したが、斬撃の間合に踏み込めないでいた。

そのとき、ギャッ！ という叫び声を上げ、宇津が身をのけ反らせた。肩から胸にかけて着物が裂け、血が飛び散った。彦四郎の袈裟斬りをあびたらしい。

宇津は後ろによろめいた。出血が激しい。深手のようだ。

彦四郎は、宇津を追えば仕留められた。だが、追わなかった。追えば、町人体の男がお花に走り寄ることができるからだ。

宇津は足がとまると、青眼に構えて切っ先を彦四郎にむけた。だが、刀身がワナワナと震えている。腰も引けていた。

宇津は顔をひき攣ったようにゆがめ、さらに後じさった。傷が深く、彦四郎と闘えないとみたらしい。


宇津の様子を目にした渋沢は、すばやく後じさると、

「引け！　この場は、引け！」

と、声を上げた。

宇津を失うと、彦四郎たちの方が戦力が増し、返り討ちに遭うとみたようだ。

渋沢の声で、宇津がよろよろと歩きだした。町人体の男が宇津のそばに駆け寄り、片腕をとってふたりでその場から逃げた。

里美と対峙していた池田も、すばやく後じさり、

「女、次は娘といっしょにあの世へ送ってやる」

と、捨て台詞《ぜりふ》を残し、反転して宇津と町人体の男の後を追った。

「千坂、勝負はあずけたぞ」

渋沢が言い置き、宇津たちの後を追って駆けだした。

「母上！」

お花が声を上げ、里美のそばに走り寄った。ふたりのところへ、彦四郎も足早に近寄っていく。

藤兵衛は彦四郎、里美、お花に目をやり、

……みんな無事だな。

とつぶやき、安堵《あんど》の色を浮かべた。

4

松風の音が絶え間なく聞こえてくる。遠く、潮騒《しおさい》の音も聞こえた。

そこは、縁側に近い座敷だった。燭台の火に、六人の男女が照らされていた。渋沢、池田、鳶山《とびやま》の久造《きゅうぞう》、奈良林《ならばやし》八助《すけ》、猿沢《さるさわ》のおせつ、それに今里政蔵《いまざとまさぞう》である。

鳶山の久造、奈良林八助、猿沢のおせつの三人は出府した梟組で、鳶山と猿沢は、生まれ育った家のある地名だった。おせつは、お花の命を狙った女である。

今里政蔵は、江戸勤番の藩士だった。側用人田代の配下で、使番《つかいばん》である。田代の指示を渋沢や梟組の者に伝える役をしていた。これまでは、池田をとおして連絡することが多かったが、今日は渋沢たちの隠れ家に直接来ていたのである。

渋沢たちがいる家は、芝の海岸沿いの松林のなかにあった。廻船問屋「繁田屋《しげたや》」の隠居が、風光明媚《ふうこうめいび》な地を選んで隠居所として建てたものである。田代は藩の専売米の廻漕をしている繁田屋とつながりがあり、空き家になっていた隠居所を借りて、渋沢たちの隠れ家として使わせていたのである。

「どうだ、宇津の容体は」

渋沢が訊いた。

宇津は彦四郎の斬撃をあび、深手だったので、この場には来られなかったのだ。別の隠れ家にいるはずである。

「しばらく、動けないな」

池田が言った。

「ならば、ここにいる者たちでやることになるが、今里どの、田代さまのご意向は──」

渋沢が今里に訊いた。

「なんとしても、ご家老を討つようにとの仰《おお》せだ。ご家老を討たねば、結城さまや松波さまを抑えてもどうにもならぬと──」

「うむ……。だが、この人数では、家老を討つのはむずかしいぞ。家老側も警固の者を増やしてくるからな」

「それに、千坂一門も警固にくわわるかもしれん」

池田が脇から言い添えた。

「おれと立ち合った千坂藤兵衛という男、なかなかの遣い手だぞ」

渋沢が言った。

「藤兵衛は、千坂道場をひらいた男だ。道場主の彦四郎より、腕は上とみている」

そう言って、池田がけわしい顔をした。

「……藤兵衛は、おれが斬ろう」

渋沢が、虚空を睨むように見すえて言った。ひとりの剣客として、藤兵衛と勝負をつけたいのだろう。

「いずれにしろ、何人かくわわらねば、家老の一行を襲って討つことはむずかしいな。……久造、どうだ、藩の屋敷に忍び込んで、家老を討つことはできんか」

渋沢が訊いた。

「むずかしいな。……一度、家老の住む固屋《こや》に忍び込んだが、警固の藩士が三人、寝ずの番をしていたので、寝所には近付けなかった」

梟組は忍びとはちがうので、特殊な潜入術は持っていない。

江戸家老の浦沢の住む固屋は、藩主や正室などの住む御殿とは別棟になっていた。

固屋は、藩邸内にある藩士のための住宅のことである。

「今里どの、討っ手を何人か増やせんか」

渋沢が今里に顔をむけて訊いた。

「話してみましょう。まだ、江戸勤番の者のなかに鬼斎流の腕のたつ者がいるので、田代さまから話があれば、味方にくわわる者もいるはずです」

「なんとしても、家老は近いうちに討ちとろう」

渋沢が語気を強くして言った。

そこで話がとぎれ、座敷は重苦しい静寂につつまれた。遠い潮騒と松籟《しょうらい》が聞こえてきた。

座敷の隅に置かれた燭台の火が、隙間風で揺れ、座敷にいる六人の姿を明と暗とに搔き乱している。

「いずれ、家老だけでなく、千坂道場の者たちも討たねばならんな」

渋沢が集まっている者たちに視線をまわして言った。燭台の火が大きな顔を横から照らし、片目だけが火を映じて熾火《おきび》のようにひかっている。

「きゃつらをこのままにしておいたら、われら鬼斎流の者たちは面目がたたぬ」

池田が言った。

「面目がたたないだけではないぞ。藩の指南役は千坂道場の者たちがつづけることになり、われらがいままでやってきたことは、すべて無駄骨だ」

「梟組の者も手を貸しましょう」

久造が低い声で言った。三十がらみであろうか。丸顔で、細い目をした男だった。頰に刃物の傷痕《きずあと》がある。

「おせつ、里美とお花は、おまえにまかせておくが、殺れるか」

久造がおせつに訊いた。

どうやら、久造が三人の梟組の頭格《かしらかく》らしい。

「やりますよ。……仕掛けた相手だからね」

おせつが、低い声で言った。

歳のほどははっきりしないが、三十前かもしれない。痩せていて、女らしい体の起伏は見られなかった。体の線だけ見たら、女と分からないかもしれない。面長で浅黒い顔をしていた。表情のない顔をしていたが、双眸が悲哀をふくんでいる。

おせつは町人の女房らしい丸髷を結い、地味な縞柄の小袖姿だった。江戸の裏路地でよく見かける町人の女房らしい身装《みなり》である。

……あのとき、あの子は殺せたんだよ。

おせつは、胸の内でつぶやいた。

だが、おせつはお花の首を撥の先で切ることができなかった。お花の顔が、娘のお雪と重なったからである。

お花と、お雪の顔が似ていたわけではない。おせつを見上げたお花の澄んだ黒眸《くろめ》がちの目が、お雪のそれと重なったのである。

お雪は、おせつと夫の石谷《いしや》作之助《さくのすけ》との間に生まれたひとり娘だった。作之助は梟組だった。お雪が五つのとき、梟組の組頭に抜擢《ばってき》された。ところが、作之助より年上の林与五郎《はやしよごろう》という男が、作之助が組頭になったことを妬《ねた》み、ある夜、作之助の命を狙って家に忍び込んだ。

林は、寝間で眠っていた作之助、おせつ、お雪の三人を襲い、脇差で作之助の胸を突き刺した。

作之助は寝込みを襲われ、起き上がることもできずに死んだ。このとき、お雪が泣き声を上げた。林に夜具の上から踏まれたのである。

おせつも、目を覚ました。咄嗟に、何が起こったか分からず、目を瞠いて、脇差を振りかざして立っている林の姿に目をやった。

障子に映じた淡い月光のなかに、脇差を手にした林が刹鬼《せっき》のようにつっ立っていた。

「この、餓鬼ッ!」

叫びざま、林はお雪の胸も脇差で突き刺した。

「お、お雪!」

おせつは、お雪を抱き締めた。

そのとき、お雪は顔を苦痛にゆがめ、母親のおせつに助けを求めるような目をむけ、かすかな喘鳴《ぜんめい》を洩らしただけで、ぐったりとなった。お雪のちいさな胸から、赤い血が迸り出た。鮮血が、まるで赤い生き物のようにお雪の体をつつんでいく。

お雪を刺した林は、おせつにも襲いかかったが、咄嗟に、おせつは掻巻《かいまき》を林に投げ付け、隣の部屋に逃げた。

林はおせつを追ってこなかった。家のなかが闇につつまれていたので、おせつがどこに逃げたか分からなかったのであろう。

林は縁側から外に飛び出し、夜陰のなかに逃げ去った。

その後、おせつは別の組頭に頼み、梟組にくわえてもらった。当時から、梟組には女もいたし、おせつは鬼斎流の道場で小太刀の修行をしたことがあったので、組頭はおせつを梟組に入れてくれた。おせつが梟組に入ったのは、林を探し出して夫と娘の敵を討つためだった。

おせつが梟組にはいって一年後、猟師に身を変えて山間《やまあい》の僻村《へきそん》に身を隠していた林を探し出し、林がやったように寝込みを襲い、脇差で突き刺して殺した。

その後、おせつはそのまま梟組に残り、いまに至っている。

「よし、里美と娘は、おせつにまかせよう」

渋沢が集まった男たちにも聞こえる声で言った。

それから、六人は家老の浦沢を襲う手筈を相談したのち腰を上げた。

5

「若君の稽古の様子は、どうかな」

結城が里美とお花に目をやって訊いた。

島中藩の下屋敷だった。里美とお花は、長太郎君との剣術の稽古を終え、着替えてから客間にもどったのだ。奥女中が運んできた茶菓をいただきながらしばらく待つと、彦四郎と永倉が姿を見せ、さらに結城、松波、稲垣の三人が顔を出した。このところ、里美たちに長太郎の稽古をまかせることが多く、藩主の直親も結城もあまり稽古場に顔を見せなくなった。

そうしたことがあって、結城は客間に膝を折るとすぐに長太郎の稽古の様子を訊いたのである。

「だいぶ、しっかりしてこられました。……そろそろ、家臣の方たちといっしょに稽古がおできになるのではないかとみております」

長太郎は、藩士たちといっしょに地稽古はできないが、素振りや打ち込み稽古、それに基本的な型稽古ならできるのではないか、と里美はみていた。当然、お花もいっしょである。

「それはなにより、殿も喜ばれよう」

結城が目を細めて言うと、

「やはり、里美どのとお花どのに若君の稽古をみてもらってよかった」

松波が、満足そうな顔をして言い添えた。

それで、剣術の稽古の話は終わり、

「実は、お三方のお耳に入れておきたいことがあってな」

と、松波が声をあらためて言った。そして、稲垣から話してくれんか、と言って稲垣に目をやった。

「逃げた宇津と池田の居所が、分かったのだ」

稲垣は、渋沢たちが藤兵衛や彦四郎たちを襲い、宇津が深手を負ったと訊き、配下の徒目付たちを動員し、京橋界隈を探らせた。菊池を訊問したおり、池田の隠れ家は京橋界隈にあると口にしたからだ。

さらに、徒目付たちは、池田や菊池とつながりのあった鬼斎流の藩士を尾行したり、身辺を探ったりして、池田と宇津の住む借家をつきとめたという。

「それで、ふたりを捕えたのか」

彦四郎が身を乗り出すようにして訊いた。

「それが、宇津は死んでいたのだ」

稲垣が残念そうな顔をした。

稲垣や目付たちが借家に踏み込んだとき、宇津の死体が夜具の上に横たわっていたという。

「池田は――」

永倉が訊いた。

里美は黙って男たちの話を聞いていた。お花は、茶請けに出された落雁《らくがん》を美味しそうに頬張っている。

「借家に、池田の姿はなかった。……宇津が死んだ後、池田は姿を消したらしい」

「いずれ、稲垣どのたちの手が及ぶとみたのではないかな」

彦四郎が言った。

「いずれにしろ、渋沢や池田たちを探す手掛かりがとぎれたわけだ」

稲垣がそう言うと、つづいて松波が、

「それに、新たな懸念があるのだ」

と、眉を寄せて言った。

「懸念とは」

彦四郎が訊いた。

「田代どのの動きだ。……ちかごろ、頻繁に鬼斎流の藩士と接触しているらしい」

「どういうことだ」

「渋沢や池田たちは、何人もの仲間を失った。それで、このままでは何もできないとみて、田代どのに相談した」

「仲間を増やすためか！」

永倉が声を大きくして言った。

「そうとしか考えられぬ」

松波が言うと、すぐに結城が、

「きゃつら、ちかいうちにご家老を襲うかもしれんぞ」

と、けわしい顔をして言い添えた。

「ご家老を襲うために仲間を集めたか」

と、永倉。

「それに、このところ、ご家老の動きを探っている節があるのだ」

松波によると、鬼斎流の者が家老付きの使番や中間などに探りを入れているらしいという。

「その者たちを捕えて、吐かせたらどうだ」

永倉が言った。

「いや、それはできん。いくら目付筋の者でも、鬼斎流の門弟というだけで、捕えることはできんからな。……いまのところ、その者たちに目を配っているだけだ」

「うむ……」

永倉が口をつぐむと、

「千坂どのたちに、おりいって頼みがあるのだが」

と、結城が言った。

「なんでしょうか」

「実は、十日後、ご家老は所用で、京橋の浜富に行かれることになっている。わしもいっしょだがな。……それで、警固を頼みたいのだ」

浜富は、彦四郎や永倉が結城や松波らと会って、渋沢たち鬼斎流や梟組の話を聞いた料理屋である。

「どなたと会われるのです」

彦四郎が訊いた。

「藩の専売米のことで、繁田屋のあるじと相談があるのだ」

結城によると、繁田屋は行徳河岸《ぎょうとくがし》にある廻船問屋だという。島中藩は藩の専売米の他、特産の漆《うるし》、木炭などを繁田屋に船で江戸へ運ばせ、それぞれの問屋筋に売りさばいてもらっているそうだ。

あるじの名は伝右衛門《でんえもん》で、島中藩とは長い付き合いがあり、江戸詰めの重臣は懇意にしている者が多いという。

「藩士の警固は、つかないのか」

永倉が訊いた。

「むろん警固はつくが、そう大勢出すことはできぬ。……東海道を通るのに、大名行例のように供を連れていくわけにはいくまい」

結城によると、中間や陸尺を除いて、警固の藩士は多くて十人ほどだという。

「それに、藩士の警固を多くしても、あまり役にはたたないとみている」

稲垣が言った。

「なぜ、役にたたないのだ」

永倉が訊いた。

「愛宕下の藩邸を出た後、ご家老と結城さまの乗られる駕籠は、人通りの多い東海道を京橋にむかう。……行き交う者たちにまぎれたり物陰から飛び出したりして、槍で駕籠を突かれれば、防ぎようがない。それで、駕籠のまわりを腕のたつ者でかためたいのだ。……敵を欺くためにも、駕籠の警固に見えない者がいい」

稲垣が、彦四郎と永倉に目をむけて言った。

彦四郎は、稲垣の策はもっともだと思った。だが、彦四郎の一存で駕籠の警固を承知することはできない。命懸けの任務である。

「どうする、永倉」

まず、永倉がどうするかを訊いてみた。

「おれは、やってもいいぞ」

永倉が言った。

「ならば、おれも承知だ」

彦四郎は、すぐに里美に目をやった。里美にはやめてもらうつもりだったが、

「わたしは、遠慮します。お花をみねばなりませんから」

すぐに、里美が言った。

彦四郎は、ほっとした。里美には、お花といっしょに家にいてもらいたかったのだ。

「千坂どのと永倉どのにお力添え願えれば、これほど心強いことはござらぬ」

結城が安堵の色を浮かべて言った。

6

午後の稽古が終わった後、彦四郎と永倉が木刀の素振りをしていると、

「彦四郎と永倉は、ご家老の警固にくわわるそうだな」

藤兵衛が、ふたりに近寄ってきて訊いた。

「はい、七日後に、愛宕下の藩邸から京橋まで……」

当然、行きだけでなく、帰りも警固につくことになるだろう。

「ご家老の乗られる駕籠を、槍で突かれるのを恐れているようです。それで、わたしと永倉は、警固の者とは分からないようにすこし離れ、駕籠の左右を守る手筈に

なっています」

彦四郎が言うと、永倉がうなずいた。

「いや、槍とはかぎらんぞ。駕籠を狙うとすれば、刀かもしれん」

藤兵衛が言った。

「刀ですか」

彦四郎が聞き返した。

「そうだ、刀だ。渋沢の長刀だ。………刀身はおよそ三尺。反りのすくない長刀で、しかも両刃だ。この刀で駕籠を突けば、槍よりも確かに仕留められる」

「………！」

彦四郎が息を呑んだ。永倉も、驚いたような顔をしている。

「渋沢が物陰から一気に走りより、駕籠を長刀で突けば、彦四郎と永倉でも防ぎようがないぞ」

「いかさま……」

彦四郎は、藤兵衛の言うとおりだと思った。

「何か手はありますか」

彦四郎が訊いた。

「手はひとつ、走り寄る渋沢の前に立ちふさがって、駕籠に近付かせないことだ」

「…………」

それが、むずかしい、と彦四郎は思った。槍を持っている者はすぐ目につくが、武士はみな刀を差している。

「渋沢は、大兵だ。見れば、すぐに分かる。……油断なく目を配って歩くことだな」

「そうします」

彦四郎が言うと、永倉もうなずいた。

「だが、渋沢の前に立ちふさがったとしても、渋沢の遣う横薙ぎの太刀を防ぐのは、容易ではないぞ」

「…………！」

彦四郎は、藤兵衛が渋沢の遣う横薙ぎの太刀と立ち合い、小袖の襟元を斬られたのを知っていた。一寸、渋沢の切っ先が深く入っていたら、藤兵衛の胸は斬り裂かれていたはずである。

「どうだ、わしが横薙ぎの太刀を遣ってみるが、相手をしてみんか」

「お願いします!」

彦四郎が言うと、すぐに永倉が、

「それがしも」

と言って、身を乗り出した。

「三尺の長刀にはすこし短いが、木刀で太刀筋を真似てみるしかないだろう」

そう言って、藤兵衛は木刀掛けから木刀を三本手にしてもどってきた。

「まず、彦四郎、相手してみろ」

「はい」

ふたりは、およそ四間の間合をとって対峙した。

永倉は、すこし離れた場所に立ってふたりに目をやっている。

「構えは、こうだ」

藤兵衛は青眼に構えた後、木刀の先を右手にむけた。木刀が胸の高さで水平になり、真横をむいている。

藤兵衛は腰を沈めると、

「これが、横薙ぎの太刀の構えだ。……この構えからだと、刀を横に払うしかない」

と言って、木刀を真横に払う動きを見せた。

「面があいています」

彦四郎が言った。

「面は誘いだ。三尺もある長刀だからな。切っ先が、面にとどく前に胴を払い斬りにされる」

「はい」

彦四郎は、藤兵衛の言うとおりだと思った。

迂闊《うかつ》に、面に斬り込めない。となると、敵に先に胴を払わせておいて、籠手や面に斬り込むしかないだろう。後《ご》の先《せん》といわれる応じ技である。

「いくぞ！」

藤兵衛が間合をつめ始めた。足裏で道場の床を摺りながら、しだいに斬撃の間境に迫ってくる。

藤兵衛は、一足一刀の斬撃の間境に迫るや否や仕掛けた。

タアッ！

鋭い気合を発し、木刀を横一文字に払った。

彦四郎は一歩身を引いて、木刀をかわし、すかさず面へ打ち込もうとした。

だが、藤兵衛の二の太刀の方が迅かった。木刀を返さず、そのまま彦四郎の首を狙って撥ね上げたのだ。横薙ぎの太刀の連続技である。

彦四郎は、咄嗟に身を引こうとしたが、間に合わなかった。

藤兵衛は手の内を絞って、木刀を彦四郎の肩のあたりでとめた。

「……首を斬られていました！」

彦四郎が驚いたような顔をして言った。

「これが、両刃の剣の威力だ。それに、渋沢の切り返しの太刀は、わしよりはるかに迅いぞ」

藤兵衛が顔をけわしくした。

「いま一手、お願いします」

彦四郎はふたたび間合をとって、藤兵衛と対峙した。

ふたりが、あらためて青眼と横薙ぎの太刀の構えをとったときだった。道場の戸

口に走り寄る音がし、

「お師匠！　おられますか」

と、瀬川の声が聞こえた。慌てているようだ。

何かあったのかもしれない。瀬川は午後の稽古を終えた後、馬喰町の住居に帰ったはずである。

彦四郎は木刀をおろし、戸口にむかった。藤兵衛と永倉も、すぐに彦四郎につづいた。

7

「どうした、瀬川」

すぐに、彦四郎が訊いた、

「き、木島どのが、殺されました」

瀬川が、肩で息をしながら言った。だいぶ、急いで来たらしい。

「稲垣どのの配下の徒目付か」

彦四郎は木島を知っていた。木島とともに、渋沢たちに与していた藩士を襲ったことがあったのだ。

「そうです。稲垣さまに、お師匠にも知らせるように言われて来ました」

「場所は？」

「高砂町です」

日本橋高砂町は、浜町堀沿いにひろがっている。

「行ってみよう」

「おれも行く」

すぐに、永倉が言った。

彦四郎と永倉が、行くことになった。藤兵衛は、母屋にとどまるという。里美とお花がいたからである。

彦四郎と永倉は、稽古着を着替えてから道場を出た。

彦四郎たちは浜町堀沿いの道に出て、南に足をむけた。しばらく足早に歩くと、前方に浜町堀にかかる高砂橋が見えてきた。

「あそこです」

瀬川が指差した。

橋のたもとの近くに、人だかりができていた。通りすがりの町人が多いようだが、武士の姿もあった。

「稲垣さまたちが、います」

瀬川が言った。

人だかりのなかに、稲垣らしい武士の姿が見えた。近くに、藩士らしい武士が、五、六人集まっている。藩邸から駆け付けたのであろう。

彦四郎たちが人垣に近付くと、その場にいた土屋が、

「前をあけてくれ」

と、集まっていた藩士たちに声をかけた。

土屋も稲垣の配下で、木島とともに渋沢たちを探っていた徒目付である。

集まっていた藩士たちが、彦四郎たちのために身を引いて道をあけた。

「千坂どの、見てくれ」

稲垣が悲痛な顔をして足元の叢《くさむら》を指差した。

浜町堀の岸近くの叢に、木島が仰向けに倒れていた。着物の肩先が裂け、血に染

まっている。両手を後ろにまわしていた。刀は手にしていない。

「……片耳がない！」

思わず、彦四郎が声を上げた。

木島の片耳がなかった。頬から顎にかけて、どす黒い血に染まっている。

「耳を斬られたのか」

永倉も、驚いたような顔をしている。

「木島は、拷問を受けたとみている。……両腕に、何かで縛られたような痕があるのだ」

稲垣が言った。

彦四郎は木島のそばに屈み、背中にまわしている木島の両手に目をやった。なるほど、手首に何かで縛られたような痕がある。

「何者かが木島どのを縛り、耳を削《そ》ぎ落としたのか」

「そうみていいな」

木島は、拷問のために耳を切られたようだ。

「いったい、何者が、こんなことを──」

永倉が悲憤に顔をしかめた。

「渋沢たちとみていい」

稲垣が強い口調で言った。

「この辺りに、木島どのの町宿があったのか」

彦四郎が訊いた。

「いや、木島は藩邸で暮らしている。昨日、木島は梟組の者たちを探りに、この近くに来たはずだ」

稲垣が話した。

木島は、国許にいるとき横目付だった男が高砂町の仕舞屋から出てくるところを目にした、と藩邸に住む家臣が、話しているのを耳にし、横目付なら梟組かもしれないと思い、探りに来たらしいという。

「その帰りに、渋沢たちに捕えられたようだ」

稲垣によると、木島が藩邸にもどらなかったので、目付筋の者たちを高砂町にむけて探させたという。

「昼ごろになって、おれのところに知らせがあってな。愛宕下から来てみると、このとおりだ」

稲垣が言った。声に悲痛のひびきがあった。

「それで、梟組の者は見つかったのか」

永倉が訊いた。

「分からぬ」

「……それは、木島どのをおびき出す罠《わな》だったのかもしれんな」

彦四郎が言った。

「おれも、そんな気がする」

「横目付だった男が仕舞屋から出てきたと、木島どのに聞こえるように話した藩士は何者なのだ」

その男が、渋沢たちに味方していたとも考えられる。

「それが、はっきりしないのだ。木島は仲間にもくわしいことは話さずに、高砂町へ来たらしい」

「うむ……。ところで、渋沢たちは、木島どのを拷問してまで何を聞き出そうとしたのだろうな」

「ご家老のことだろう。……ちかごろ、藩邸を出る予定はないか、訊いたのではないかな」

稲垣の顔がけわしくなった。

「ご家老を襲うためか」

「それしか、考えられん。当然、警固のことも訊いたはずだ」

「おれたちのことも、しゃべったかな」

永倉が、稲垣に身を寄せて言った。

「すぐには、しゃべらなかったはずだ。……それで、拷問されたとみるが」

「おれも、そうみる」

彦四郎が言った。

「木島がしゃべったかどうか分からんが、しゃべったとみておいた方がいいな」

「すると、渋沢たちは、おれたちが警固につくのを知ったわけだな」

永倉の顔がけわしくなった。

「そうみた上で、対処するしかないな」

渋沢たちは槍や刀で駕籠を襲うだけでなく、他にも何か手を打ってくるかもしれない、と彦四郎は思った。

彦四郎たちが話しているうちに、浜町堀沿いの通りは夕闇につつまれてきた。

稲垣は近くにいた配下の徒目付に、駕籠を用意するよう命じた。木島の亡骸《なきがら》は、ひとまず藩邸に運ぶという。

「あと、五日だ。……何か策を考えておこう」

稲垣がけわしい顔をして言った。

第五章　おせつ

1

江戸家老の浦沢三郎左衛門の一行が、愛宕下にある島中藩の上屋敷を出たのは、九ツ（午後一時）過ぎだった。駕籠は二挺《にちょう》だった。同じ留守居駕籠である。駕籠には浦沢と留守居役の結城が乗っている。

同じ駕籠にしたのは、稲垣が考えた策である。どちらの駕籠に浦沢が乗っているのか、分からなくしたのだ。

二挺の駕籠に中間や駕籠を担ぐ陸尺の他に、警固の武士がそれぞれ八人ずつついた。警固の人数も、まったく同じである。

いかに家老や留守居役とはいえ、料理屋に出かけるのにこれだけの供まわりは大袈裟だが、襲撃される懸念があるのでやむをえない。

二挺の駕籠が表門から出て、大名小路を一町ほど進んだとき、ふたりの武士が、先の駕籠の前方に歩み寄った。ふたりの武士は駕籠から二十間ほど離れ、通りの左右に分かれた。彦四郎と永倉である。

ふたりは駕籠の浦沢を守るとともに、斥候役もかねて駕籠からすこし離れて歩くことにしたのだ。

……渋沢たちは、飛び道具を遣うのではないか。

と、彦四郎はみていた。

遣うとすれば、鉄砲か弓であろう。物陰や人影のない路傍で遣うのではあるまいか。そうした飛び道具に、彦四郎と永倉は目をひからせながら歩いた。

浦沢の一行は、愛宕下の通りを経て、東海道に出た。東海道は賑わっていた。旅人、駕籠かき、駄馬を引く馬子、供連れの武士、雲水《うんすい》、巡礼……。様々な身分の者たちが、行き交っている。

彦四郎は、人通りの多い東海道で鉄砲や弓を遣うことはないとみていた。行き交う人や駕籠、駄馬などが邪魔になって狙うのがむずかしい。それに、天下の大道で飛び道具を遣ったことは隠しようがなくなる。すぐに、公儀の知るところとなり島中藩が咎めを受けるはずだ。そうなると、藩の揉《も》め事ではすまなくなる。田代や渋沢は立場を失い、浦沢を討ったとしても藩にとどまることはできなくなるだろう。

彦四郎は、街道を行き交う巨軀の武士にも目を配っていた。東海道で刀を遣って襲うとすれば、渋沢ではないかとみたのだ。

だが、何事もなく、駕籠は京橋のたもとまで来た。橋のたもとを右手におれ、京橋沿いの道を東にむかえば、浜富のある水谷町はすぐである。

京橋川沿いの道に出たとき、永倉が近付いてきた。東海道ほど道幅がなく、左右に分かれて目を配る必要がなくなったのだ。

「無事に浜富に着きそうだな」

永倉がほっとした顔で言った。

「まだ、油断はできんぞ」

物陰から飛び出して駕籠を襲うには、狭い道の方がやりやすいだろう。

「浜富に着くまでは、気が抜けんわけだな」

永倉は、顔をひきしめて通りの左右に目をやった。

彦四郎も気を引き締めて、通りに目を配りながら歩いた。

京橋川沿いの道に出て間もなく、二挺の駕籠は何事もなく浜富に着いた。

浦沢と結城は二階の座敷に案内され、彦四郎と永倉、それに稲垣や警固の者は、一階のひろい座敷に腰を下ろした。そこで、浦沢たちの話が終わるのを待つのである。

彦四郎たちにも酒肴の膳が出たが、喉を潤す程度で酔うほど飲む者はいなかった。警固の者たちは、来るときよりも帰りがあぶないとみていたのだ。

「どうだ、それらしい気配があったか」

稲垣が、彦四郎と永倉に身を寄せて訊いた。

「まったくない」

すぐに、永倉が答えた。

「だが、油断はできんぞ。渋沢たちが駕籠を襲うとすれば、帰りだ」

彦四郎は、警固の者たちが襲撃はないとみて、気が緩んだときがあぶない、とみていた。

「屋敷に入るまでは、気が抜けないということだな」

稲垣が言った。

「そうだ。……ところで、ここを出るのは、何時ごろになる」

彦四郎が訊いた。

「ご家老は、暗くなる前に屋敷にもどりたいと話しておられたので、八ツ半（午後三時）過ぎには、ここを出られるのではないかな」

稲垣が、他の警固の者たちにも聞こえるようにすこし声を大きくした。

だが、八ツ半ごろに、浦沢と繁田屋の話は終わらなかった。取引のことはすぐにまとまると聞いていたので、何か他のことで話がはずんだのかもしれない。

話を終えて、浦沢と結城が二階から下りて来たのは、七ツ（午後四時）ちかくなってからだった。すでに、陽は西の空にまわっている。

結城が階下で待っていた稲垣に身を寄せ、

「……三日前に、使番の今里が繁田屋に行ったらしいぞ」

と、小声で言った。

「どういうことです」

すぐに、稲垣が訊いた。

「今里は、今日のことを番頭の盛蔵《もりぞう》にいろいろ訊いたようだ」

それだけ伝えると、結城は稲垣から離れ、浦沢について玄関にむかった。

彦四郎と永倉は、稲垣に身を寄せ、

「今里という男は何者だ」

と、永倉が訊いた。彦四郎たちにも、結城の話が聞こえたのだ。

「田代の配下の使番で、ちかごろ藩邸から出かけることが多いのだ。それで、われらも目をつけていた」

「今日のことを、繁田屋を通して探ったのだな」

彦四郎が言った。

「やはり、渋沢たちは仕掛けてくるとみた方がいいぞ」

永倉が言うと、

「帰りだな」

稲垣が顔をひきしめてうなずいた。

2

浦沢と結城の乗る駕籠が、浜富を出たのは七ツを過ぎてからだった。陽は西の空にまわり、道沿いの店々の長い影が、通りに伸びている。

駕籠の一行は京橋川沿いの道を経て、京橋のたもとに出た。そこから東海道を南にむかうのである。

東海道は、まだ賑わっていた。旅人の他に、様々な身分の老若男女が行き交っている。日没を前に気が急かされるのか、心なしか急ぎ足で通り過ぎていく者が多かった。

彦四郎たち警固の者は来たときと同じ配置につき、東海道を南にむかった。

……それらしい気配はないな。

彦四郎は、街道の前方に目をやりながら歩いた。怪しい人影はなく、駕籠の一行を襲うような気配はなかった。

やがて、駕籠の一行は汐留川にかかる芝口橋を渡った。陽は西の家並の向こうに沈み、街道沿いに並ぶ表店《おもてだな》の長い影が、街道をつつんでいる。街道を行き来する人の姿は、だいぶすくなくなっていた。

一行は街道を南にいっとき進んでから、右手の通りに入った。そのとき、暮れ六ツ（午後六時）の鐘の音が聞こえた。

通りは人影がすくなく、ひっそりとしていた。通り沿いには、大名屋敷や大身の旗本屋敷がつづき、通りかかる者は供連れの武士や中間などが多かった。しばらく歩けば、大名小路に突き当たるはずだ。大名小路に出れば、島中藩の上屋敷はすぐである。

通り沿いの右手に、数本の太い松が枝葉を茂らせていた。そこは、空き地で雑草が生い茂っている。左手には、大名屋敷の築地塀《ついじべい》がつづいていた。

……だれかいる！

彦四郎は、松の幹の陰に人影があるのを目にした。

町人ふうだった。茶の腰切半纏《こしきりばんてん》に股引姿で、手ぬぐいで頬っかむりをしている。左官か屋根葺《やねふ》き職人のような恰好だった。そこで、何かに腰を下ろして一休みしているように見えた。

……いまごろ、一休みしているはずはない！

それに、男の身辺に殺気があった。

彦四郎の脳裏に、梟組のことがよぎった。襲撃に梟組の者がくわわっていてもおかしくはない。飛び道具を遣うとすれば、梟組の者ではあるまいか――。

察知した彦四郎は、左手を上げて大きくまわした。怪しい者がいるという合図を警固の者に送ったのである。

すると、駕籠の前後にいた数人の警固の者が、駕籠の両脇に走った。永倉は足をとめ、通りの左右に目をやっている。

駕籠は警固の者に取りかこまれた恰好になったが、とまらなかった。一行は大名小路にむかって小走りに進んでいく。

そのとき、松の幹の影にいた人影が、通りの端まで出てきた。ひとりではない。ふたりいる。ふたりとも、町人体だった。

……弓だ！

彦四郎は、ふたりの男が弓を手にしているのを見た。短弓である。特殊な弓らしい。ふたりは梟組であろう。

ふたりは、弓をはなった。矢は二本とも、前の駕籠にむかって飛んだ。警固の武士がひとり、呻き声を上げてうずくまった。脇腹のあたりに矢が刺さっている。もう一本は、駕籠の脇の地面に突き刺さった。

前の駕籠には、浦沢が乗っていた。ふたりの射手は、前の駕籠に浦沢が乗っていることを知っているようだ。

「襲撃だ！」

「ご家老をお守りしろ！」

警固の武士が、ばらばらと浦沢の乗る駕籠に集まって取りかこんだ。

二挺の駕籠はとまった。陸尺と中間は悲鳴を上げながら路傍に逃げた。

さらに、ふたりの射手は次の矢をつがえた。前の駕籠を狙っている。

と、永倉が抜刀し、オオッ！　と獣の吼《ほ》えるような声を上げ、ふたりの男のいる方へ駆けだした。巨軀だが、足は速い。

ギャッ！　と絶叫を上げ、別の警固のひとりが身をのけ反らせた。矢が肩口に刺さっている。もう一本は、駕籠の先棒にあたった。

そのとき、彦四郎は、駕籠の三十間ほど前の築地塀の陰から人影が通りにあらわれたのを目にした。四人――。いずれも武士である。四人とも小袖にたっつけ袴、頭巾で顔を隠している。

……渋沢だ！

彦四郎は、四人のなかに巨軀の武士がいるのを目にした。

渋沢たちは、駕籠にむかって疾走してくる。すでに、四人は抜き身を手にしていた。四人の手にした刀身が青白くひかり、淡い夕闇を切り裂いて迫ってくる。

彦四郎は、駕籠の前に走った。渋沢を駕籠に近付けまいとしたのである。

「狼藉者だ！　迎え討て！」

稲垣が叫んだ。

すると、駕籠のまわりにいた瀬川と数人の藩士が、渋沢たちを迎え撃とうとして駕籠の前に走り出た。

渋沢たち四人は、駕籠に迫ってくる。

彦四郎が、渋沢たちの前に走り出た。

「渋沢、おれが相手だ！」

彦四郎は、渋沢の前に立ちふさがった。

「千坂か！」

渋沢が足をとめた。

他の三人は足をとめず、駕籠にむかって走った。三人の前に、瀬川たち数人が行く手をふさぐようにまわり込んできた。

「どけ、千坂！」

渋沢が怒鳴り声を上げた。何としても、駕籠にいる浦沢を討ちたいようだ。

「ここは通さぬ」

彦四郎は抜刀し、切っ先を渋沢にむけた。

「おのれ！」

渋沢は、長刀の切っ先を右手にむけた。刀身が水平になり、真横をむいている。長刀が、夕闇のなかに長い蛇のように伸びていた。

……横薙ぎの構えか！

彦四郎は、青眼に構えた切っ先をすこし下げた。刀身を水平にちかくすることで、間合を遠く見せようとしたのだ。

「いくぞ！」

渋沢は腰を沈めると、すぐに仕掛けてきた。すこしでも早く、彦四郎を始末して浦沢を討ちたいらしい。

ズッ、ズッ、と渋沢の足元で音がした。地面を足裏で摺りながら、間合を狭めてくる。

……面があいている！

と、彦四郎は思った。

だが、面は誘いだと知っていた。迂闊に面に斬り込めば、長刀で腹を薙ぎ払われる。

彦四郎は動かなかった。気を静めて渋沢との間合を読んでいる。彦四郎は、一寸の間合の差が勝敗を分けるとみていた。

渋沢が、一足一刀の間境に迫ってきた。渋沢の全身に気勢が満ち、斬撃の気配が高まってきた。

ふいに、渋沢が寄り身をとめた。斬撃の間境の一歩手前である。

イヤアッ！

突如、渋沢が裂帛の気合を発し、一歩踏み込んだ。

彦四郎が斬撃の気配を察知し、身を引こうとした瞬間、渋沢の刀身が横一文字にはしった。胴を狙った横薙ぎの太刀である。

渋沢の面ががらあきだった。だが、彦四郎は斬り込まなかった。横薙ぎの太刀の切り返しがくると察知したからである。

彦四郎の視界の隅で、閃光が反転した。次の瞬間、刃唸りをたてて渋沢の切っ先が彦四郎の首筋を襲った。

刹那、彦四郎は半歩身を引き、刀身を逆袈裟に斬り上げた。一瞬の反応である。

彦四郎の切っ先が、渋沢の振り上げた腕を襲う。

渋沢の横薙ぎの太刀と彦四郎の逆袈裟——。

二筋の閃光が交差した。渋沢の切っ先は、彦四郎の胸元をかすめて空を切り、彦四郎の切っ先は渋沢の左袖を切り裂いた。

次の瞬間、ふたりは大きく背後に飛び、間合をとってから青眼と横薙ぎの太刀の構えをとった。

「よく、かわしたな」

渋沢の目に驚いたような色が浮いた。

このとき、駕籠の前で絶叫がひびき、駕籠を襲ったひとりの武士がよろめいた。瀬川たちの斬撃をあびたらしい。

残るふたりは、瀬川たちから逃げるように後じさり、踵を返して走りだした。

梟組の弓の攻撃も、それ以上なかった。永倉が駆け寄ったため、弓が遣えないのだ。梟組のふたりは樹陰にまわり、永倉から逃げようとしている。

これを見た渋沢は、

「千坂、勝負はあずけた！」

と言い置いて、反転した。

渋沢は、逃げるふたりの武士の後を追って走りだした。彦四郎は渋沢を追わず、永倉の方に目をやった。

永倉は、松の幹の陰から通りに出てくるところだった。近くに人影はなかった。梟組のふたりは、逃げたのかもしれない。

永倉は彦四郎のそばに小走りに近付くと、

「逃げ足の速いやつらだ」

と言って、渋い顔をした。

永倉によると、梟組のふたりは永倉が近付くと、弓の攻撃をやめ、松の樹陰をたどるようにして逃げたという。

闘いは終わった。家老の浦沢は無事である。

襲撃者のひとりを斃したが、警固の藩士三人が深手を負った。警固の三人のうちふたりが梟組の矢をあび、もうひとりは駕籠を襲った三人との斬り合いで、右の二の腕を斬られた。だが、三人とも命に別状はないようだった。

襲撃者のひとりは、警固の藩士に刀で胸を突かれて落命した。頭巾を取ると、石《い》井《い》という徒組の藩士であることが知れた。鬼斎流一門だという。おそらく、田代から話があって仲間にくわわったのだろう。

駕籠から姿を見せた浦沢が、

「……助かった。礼を言うぞ」

と、蒼ざめた顔で警固の者たちに声をかけ、怪我をした者の手当てを急ぐよう指示した。

駕籠の一行は出立した。いつの間にか、辺りは深い夕闇に染まっていた。通りは、ひっそりと静まっている。

3

渋沢たちに襲われた二日後、稲垣は瀬川と土屋を連れて、行徳河岸にある繁田屋にむかった。

稲垣は浜富で結城から、襲撃の前に、使番の今里が繁田屋に行って番頭の盛蔵からいろいろ聞いたらしい、と耳打ちされ、あらためて盛蔵に話を聞いてみようと思ったのだ。今里は家老の襲撃にかかわることだけでなく、他のことも訊いたかもしれない。

繁田屋は、廻船問屋や米問屋などの多い行徳河岸でも目を引く大店だった。土蔵造りの大きな店舗を構え、店の脇には船荷をしまう倉庫が二棟あり、裏手には白壁の土蔵もあった。

店先の暖簾をくぐると、稲垣たちのそばに手代が飛んできて、

「どのような御用でしょうか」

と、緊張した面持ちで訊いた。いきなり、武士が三人店に入ってきたからであろう。稲垣たちを知らなかったらしい。

「われら島中藩の者だが、番頭の盛蔵に訊きたいことがあってまいったのだ」

稲垣がそう言うと、手代はすぐに、帳場にいた盛蔵を呼んできた。

「これは、これは、稲垣さま……」

盛蔵が揉み手をしながら、愛想笑いを浮かべた。

盛造は稲垣のことを知っていた。結城といっしょに店に来た稲垣と会ったことがあったのだ。

「たいしたことではないのだが、ちと、訊きたいことがあってな」

稲垣が言うと、

「お上がりになってくださいまし」

盛蔵は稲垣たち三人を土間のつづきの板間に上げ、帳場の奥の座敷に案内した。そこは、上客との商談の座敷で、稲垣が以前盛蔵と話したときも同じ座敷が使われた。

稲垣たち三人が座敷に腰を下ろし、丁稚《でっち》が運んできた茶で喉を潤すと、

「五、六日前、使番の今里が店に来たそうだな」

と、稲垣が切り出した。

「お見えになりましたが……」

盛蔵が、戸惑うような顔をした。何のために、稲垣が今里のことを持ち出したのか分からなかったのだろう。浦沢が、一行にくわわった者たちに口外しないよう指

示したこともあって、家老が襲われたことは、まだ繁田屋に伝わっていないようだ。

「今里は、ご家老のことを訊いたそうだな」

稲垣が言った。

「はい……」

「どのようなことを訊いたのだ」

「こちらにも準備があるとおっしゃられ、会われる場所や時間などをお訊きになりましたが」

「ほかには？」

「浜富に顔をそろえる人数なども、訊かれました」

「そうか」

稲垣は、そうした話のなかで、その日の浦沢の警固のことも聞き出したのだろうと思った。警固の者も浜富で待たせることになるので、座敷の用意をせねばならず、番頭にも人数は伝えてあるはずである。

「浜富の件とは別のことで、何か訊かれなかったか」

今里は田代や池田のことも何か口にしたのではないか、と稲垣は思ったのだ。

「他の話は、なさいませんでした」

盛蔵がはっきりと言った。

「今里が、この店に来たのは初めてか」

稲垣は話題を変えた。

「いえ、田代さまの使いで何度かみえましたし、田代さまといっしょにみえたこともございます」

「田代どのといっしょにな。……それで、どんな話をしたのだ」

「専売の米や木炭の廻漕などのことで……」

「ほかに、家中の者のことで何か話はなかったか」

「ございました。なんですか、新しく江戸詰めになられたご家臣の方が、町宿を探しているので、てまえどもに、何人か寝泊まりできる持ち家はないかと訊かれたのです」

「それで――」

稲垣は話の先をうながした。

「そのとき、あるじもいっしょにおりまして、あるじから、借家ではないが、先代が隠居所として使っていた家が、あいたままになっているとの話をされたのです」

「田代どのは、その隠居所をどうすると言ったのだ」

「しばらく貸してもらえないかと言われ、あるじは快く承知しました」

「その隠居所は、どこにある」

稲垣が身を乗り出すようにして訊いた。

「芝でございます」

盛蔵によると、隠居所は入間川《いりあいがわ》にかかる芝橋を渡った先にあるという。薩摩藩の蔵屋敷の手前、江戸湊《みなと》の砂浜に面した松林のなかだそうだ。

……渋沢たちの隠れ家は、そこだ！

と、稲垣は胸の内で叫んだが、顔には出さず、

「すると、いまも家中の者がだれか住んでいるのだな」

と、おだやかな声で訊いた。

「住んでおられるはずです」

「そうか。……田代どのも、いろいろ気を使われているのだな」

「あるじも、空いたままになっている家ですので、住んでいただいてよかったと言

っておりました」

「実は、おれも、このふたりの住む家を探していてな」

そう言って、稲垣は脇に座している瀬川と土屋に目をやった。

瀬川と土屋は、殊勝な顔をしてうなずいた。

「さようでございますか」

「繁田屋ほどの大店なら、空いている持ち家もあるのではないかと思って来てみたのだが、田代どのからそのような話があったのでは、無理だな」

稲垣が、もっともらしく言った。

「申し訳ございません。てまえどもには、他に空いている持ち家はございませんもので……」

盛蔵は稲垣の話を信じたらしく、すまなそうな顔をした。

「田代どのや今里には、おれたちが持ち家を探していたという話は内密にしておいてくれ。家中に知られたくないことがあってな」

稲垣が言うと、また瀬川と土屋がうなずいた。

「分かりました。稲垣さまがお見えになったことは、伏せておきます」

盛蔵は口許に笑みを浮かべて言った。

「邪魔をしたな」

稲垣たちは、腰を上げた。これ以上、盛蔵から訊くことはなかったのである。

4

おせつは、千坂道場の前に足をむけた。道場をうかがいながら、ゆっくりとした歩調で歩いていく。道場は静かだった。稽古を終えて、門弟たちは帰ったのかもしれない。

七ツ半（午後五時）ごろであろうか。陽は家並の向こうに沈み、西の空は淡い茜色に染まっていた。

おせつは、浅黒い顔をし、肩に継ぎ当てのある着古した小袖に草履履きだった。丸髷が乱れ、ほつれ毛が頰に垂れていた。ちいさな風呂敷包みを胸のところに抱えている。どこから見ても、貧乏長屋の女房といった恰好である。

おせつは、里美とお花の命を狙っていた。女と子供だけのときを狙って、家に侵入するつもりでいた。

道場の裏手から、戛《かつ》、戛《かつ》、という乾いた音が聞こえてきた。ヤッ、ヤッ、という子供の声もする。

……花という子が、何かしているようだ。

と、おせつは思った。

他の人声は、聞こえなかった。おせつは、お花がひとりで遊んでいるのではないかと思った。

道場の裏手には、道場主の千坂の家族の住む母屋があった。お花は、母屋の前にいるようだ。

おせつは道場の脇を通って、母屋に近付いた。道場の裏手まで行って母屋に目をやると、お花の姿が見えた。短い木刀を手にして庭の太い榎《えのき》の前に立っている。

お花は裾の短い単衣《ひとえ》の裾を後ろ帯に挟み、ヤッ！　ヤッ！　と気合を発し、榎の幹をたたいていた。

……あの子は、剣術の稽古をしているようだ。

と、おせつは思い、縁側や庭の周囲に目を配った。母親の里美か、父親の彦四郎が近くにいるのではないかと思ったのである。

付近に人影はなかった。縁側の奥の障子のむこうで、かすかに畳を踏むような音がした。座敷にだれかいるようだ。

おせつは、あの子を殺るのは、いまだ、と思い、足音を忍ばせてお花に近付いた。

おせつがお花の背後に身を寄せ、忍ばせてきた懐剣の柄を握ったときだった。

お花はひとの気配を感じとったらしく、ふいに背後を振り返った。

「……小母ちゃん、だあれ？」

お花が、おせつを見つめて訊いた。

お花の顔に、不審の色はなかった。柳橋で襲われたときと、おせつの身装《みなり》がまったくちがっていたので、お花には分からなかったらしい。

「小母ちゃん、お花ちゃんに用があって来たの」

おせつは、足音を忍ばせて近付いた。

「何のご用？」

お花が訊いた。

そのとき、縁側の奥の障子があいた。姿を見せたのは、里美である。

里美はおせつの姿を見ると、

「だれです！」

ときつい声で誰何し、すぐに縁側から庭先に飛び下りた。おせつに、殺気を感じたのである。

おせつは、すばやい動きでお花を抱きかかえ、懐剣を取り出して切っ先をお花にむけた。顔がこわばり、細い目がつり上がっている。

「………！」

お花は手にした木刀を取り落とし、目を瞠《みひら》いておせつを見上げた。

「花を離しなさい！」

里美は、おせつに近寄ろうとした。

「近付くと、この子を殺すよ」

おせつは、お花を抱きかかえたまま後じさりながら、お花の首を掻き切ろうとして懐剣の切っ先を首筋にむけた。

「母上！」

お花が母を呼び、身をよじった。

おせつの腕のなかで、弾力のあるお花のちいさな体がビクビクと顫えている。

ふいに、おせつの手がとまった。おせつの胸に、血に染まったお雪を抱いたときの幼子の体の弾力と震えが蘇ったのだ。

……この子は、殺せない！

おせつは、お花を離した。

お花は両手を差し出し、泣きながら里美の方へ走った。

里美は、ヒシとお花を抱き締めると、

「花、泣かずに離れて！」

と言って、お花を体の後ろへむけて手を離した。

お花は泣くまいとして歯を食いしばり、里美の後ろへ下がったが、まだ腰の辺りにすがり付いている。

「殺すのは、あんたが先だ！」

おせつは、懐剣を手にしたまま里美の前に立った。

里美はすばやく、お花が落とした短い木刀を拾うと、

「さァ、きなさい！」

と、鋭い声で言って、木刀の先をおせつにむけた。

お花は里美をつかんでいた手を離し、すこしだけ身を引いた。自分が離れないと、里美が闘えないと分かっているのだ。

おせつは懐剣を握った右手を前に出し、左足を後ろに引いて半身に構えた。娘のころに小太刀を修行しただけあって、構えに隙がなかった。

里美とおせつは、二間半ほどの間合をとって対峙した。お花は、里美の後ろに立って身を顫わせている。

……遣い手だ！

おせつは、胸の内で声を上げた。

里美の青眼の構えには隙がなかった。手にしているのは短い木刀だが、剣尖には眼前に迫ってくるような威圧感があり、通常の木刀と変わらない長さに見えた。

里美はおせつを見すえたまま、摺り足で斬撃の間境に迫ってきた。おせつは、里美の威圧感に押されて、後じさった。

おせつの背が榎の幹に迫り、足がとまった。里美は摺り足で迫ってくる。脇に逃げるか、斬り込むかしかない。

……この女に、負けたくない！

と、おせつは頭のどこかで思った。

次の瞬間、エエイッ！　と甲走った気合を発し、おせつが斬り込んだ。

飛び込みざま、懐剣を里美の胸にむかって突き出した。捨て身の一撃である。

だが、里美の動きの方が迅かった。

体《たい》をひらいて、おせつの懐剣をかわし、
タアッ！

と鋭い気合とともに、木刀を振り下ろした。一瞬の太刀捌きである。

ビシッ！　という音がし、おせつの右手から懐剣が虚空に飛んだ。里美の木刀がおせつの右腕を強打したのだ。

おせつは前によろめき、足がとまると、踵を返して里美に体をむけた。両腕を下げたままである。懐剣の他に、里美と闘う武器は持っていないようだ。

「……ちくしょう！」

おせつは、目をつり上げ、憎悪の声を上げた。

里美は青眼に構え、木刀の先をおせつにむけた。踏み込めばおせつを討てたが、動かなかった。

「この借りは、返すよ」

そう言い置き、おせつは反転して駆けだした。

里美は遠ざかっていくおせつの背に目をやりながら、

……あの女《ひと》、二度も花の命を助けた。

と、胸の内でつぶやいた。

そのとき、お花が駆け寄ってきて里美に抱きつき、胸に顔をうずめて、オンオンと泣きだした。

里美は、お花の肩に腕をまわして抱きしめてやりながら、

「……大丈夫、あの女は、花を刺したりしないから」

と、自分の胸にも言った。

5

「なに、渋沢たちの隠れ家が知れたのか」

永倉が声を大きくして言った。

千坂道場だった。門弟たちの帰った道場内に、男たちが集まっていた。彦四郎、永倉、瀬川、稲垣、土屋の五人である。

「繁田屋の番頭から、田代に言われて隠居所を藩士に貸したと聞いてな。目付たちに探らせたのだ」

稲垣によると、藩邸にいる田代に知れないようひそかに動いたという。

「それはいい」

彦四郎が言った。せっかく渋沢たちの隠れ家をつかんでも、田代に知れたら渋沢たちは姿を消してしまうかもしれない。

稲垣が土屋に目をやり、

「おまえから話してくれ」

と、小声で言った。土屋も、隠居所を探りにいったひとりなのだろう。

「はい、芝の海岸近くの松林のなかに隠居所がありました。近所で聞き込んでみると、四、五人の武士が寝泊まりしていることが分かりました」

土屋によると、樹陰に身をひそめて、隠居所から町の通りに出る小径《こみち》を見張り、池田、渋沢、今里、それに柴崎《しばさき》という鬼斎流一門の藩士が通りかかったのを、目にしたという。

「四人が、身を隠しているのか」

永倉が土屋に訊いた。

「いえ、今里は、まだ藩邸の長屋にいるはずです。……隠居所を隠れ家にしているのは、池田と渋沢、それに柴崎とみています」

「梟組の者は？」

彦四郎が訊いた。

「はっきりしませんが、梟組の者も隠れ家にいるのではないかとみています。渋沢と話しながら歩いている町人体の男を、ふたり見かけましたから」

土屋によると、安井《やすい》と長杉《ながすぎ》という徒目付が、渋沢と歩いているふたりの男を二度見かけたという。ふたりとも左官か屋根葺き職人のような恰好をし、手ぬぐいで頬っかむりをしていたそうだ。

「そやつら、ご家老を襲ったとき、弓を遣った男だぞ」

永倉が言った。

「ふたりは、梟組だな」

彦四郎も、ふたりの姿を目にしていた。

「隠れ家に、渋沢、池田、柴崎、それに梟組のふたりがいるとみていいな」

稲垣が、彦四郎と永倉に目をむけて言った。

「その隠居所に、女はいないのか」

彦四郎は、梟組の女のことが気になっていた。それというのも、里美から、お花が梟組と思われる女に命を狙われたことを聞いたからである。

そのとき、里美は彦四郎に、

「なぜか、その女《ひと》は、花の命を狙って近付いたはずなのに、二度とも花を殺しませんでした」

と、腑に落ちないような顔をして言った。

「何かわけがあるのかもしれんな」

彦四郎にも、その女がお花の命を奪わなかった理由は分からなかったが、女が梟組であることはまちがいないようだ。

「隠居所には、下女が出入りしているらしいが……」

土屋は首をひねった。梟組かどうか分からないのだろう。

「ともかく、隠居所にいる五人は早く討ちたい」

稲垣が言った。日を置くと、渋沢たち五人が隠居所から姿を消す恐れがあるという。

「すぐに、討とう」

永倉が言った。

「それで、手勢は？」

彦四郎は、ここにいる五人だけでは、渋沢たち五人を逃がさずに討ちとるのはむずかしいとみていた。

「十人ほど集める」

稲垣によると、徒目付と徒組のなかから腕の立つ者を集めるという。

「それで、いつやる」

永倉が訊いた。

「明後日はどうだ」

稲垣が、明日中に手勢を集め、明後日の夕方にも隠居所に踏み込みたいと言った。

「承知した」

彦四郎も、いつ里美やお花が襲われるか分からなかったので、一日も早く渋沢たちを討ちたいと思っていた。


その日、彦四郎、永倉、瀬川の三人は朝稽古には出ずに、芝にむかって道場から出立した。ちょうど、藤兵衛も道場に来ていて、わしも行く、と言い出したが、彦四郎は藤兵衛に、

「里美と花が心配なので、道場に残ってもらえませんか」

と頼むと、藤兵衛は承知した。

彦四郎には、藤兵衛に門弟たちの稽古を見てもらいたい気もあったのである。

彦四郎たち三人は東海道に出て京橋を渡ると、街道沿いにあったそば屋を見つけて、早めの昼食をとった。

そば屋を出てから東海道を南にむかい、浜松町を過ぎて新堀川にかかる金杉橋のたもとまで来ると、土屋が待っていた。

「稲垣どのたちは？」

彦四郎が訊いた。

「小半刻（三十分）ほど前に、芝にむかいました」

土屋によると、稲垣をはじめ八人の藩士が先に芝にむかい、渋沢たちが身をひそめている隠居所の近くで待っているという。

また、隠居所の近辺を探った安井と長杉が朝のうちに藩邸を出て、隠居所を見張っているそうだ。

「おれたちも行こう」

彦四郎たちは、土屋らとともに東海道をさらに南にむかった。

芝橋を渡ると、街道沿いの家並の先に江戸湊の海原が見えた。西陽を映じた海原が水平線の彼方までひろがっている。無数の波の起伏を刻んだ海原に漁師の舟が木の葉のように浮かび、大型の廻船が白い帆を張って品川沖へむかって航行していく。

芝二丁目まで来たとき、土屋が足をとめ、

「こちらです」

と言って、左手の路地に足をむけた。

小体な店や土地の漁師の家などがつづく狭い路地を一町ほど歩くと、松林に突き当たった。その先は砂浜になっているらしく、松の林間からかすかに白い砂浜が見えた。砂浜に寄せる波音も聞こえる。

松林に入ってすぐ、朽ちかけた小屋があった。漁師の漁具でもしまってあった小屋らしい。小屋のまわりには枝葉を茂らせた灌木《かんぼく》もあって、路地からは見えにくくなっていた。その小屋の陰に、稲垣と七人の男の姿があった。七人は稲垣の配下の討っ手らしい。そこが、討っ手の集まる場所になっていたようだ。

「どうだ、渋沢たちの様子は」

すぐに、彦四郎が訊いた。

「隠居所にいるようだ。……安井が、ここに知らせに来る手筈になっている」

稲垣が緊張した面持ちで言った。

6

彦四郎がその場に来て、小半刻（三十分）も経っただろうか——。林間に、小走りに近付いてくる人影が見えた。

「安井どのだ！」

山本が声を上げた。

見ると、安井が小屋に近付いてくる。

「変わった動きはないか」

すぐに、稲垣が安井に訊いた。

「はい、渋沢たちは隠居所におります」

安井によると、昼ごろ、今里が風呂敷包みを持って隠居所に姿を見せたが、すぐに出ていったという。

「帰るとき、今里は風呂敷包みを持っていませんでしたので、渋沢たちに何か届けにきたようです」

安井が言い添えた。

「そろそろだな……」

稲垣が西の空に目をやって言った。

夕陽は家並の陰になって見えなかったが、淡い夕陽が林間に射し込んでいる。小半刻もすれば、陽は沈むのではあるまいか。

「安井、案内してくれ」

稲垣が言った。

「はい」

安井は小屋の陰から林間につづく小径へ出た。

稲垣や彦四郎たちは安井につづいて、林間を砂浜の方へむかった。波音がしだいに大きくなり、松林の先に江戸湊の海原が見えてきた。潮風が、松葉を揺らしている。

先を行く安井が灌木の陰に身を寄せ、

「あれです」

と言って、林間を指差した。

板塀をめぐらせた隠居所ふうの屋敷があった。大きな家屋で、母屋の他に奉公人の住む長屋や納屋などもあるらしい。

海に面した家の正面には庭もあるらしく、庭木らしい松や梅なども見えた。

「長杉は？」

稲垣が訊いた。

「板塀に身を隠して、なかの様子をうかがっているはずです」

「そこまで、行ってみよう」

稲垣や彦四郎たちは安井につづき、足音を忍ばせて隠居所にむかった。

長杉は板塀に身を寄せて、なかの様子をうかがっていた。稲垣が渋沢たちの様子を訊くと、渋沢たちに変わった動きはないと答えた。

「よし、踏み込もう」

稲垣が男たちに視線をまわして言った。

「承知」

彦四郎が小声で言った。

永倉やその場に集まった藩士たちが、いっせいにうなずいた。討っ手は彦四郎と永倉もくわえ、総勢十四人である。いずれの顔にも、緊張と高揚の色があった。

永倉と彦四郎たちは、その場で二手に分かれた。稲垣と配下の討っ手七人が、海に面した家の表にまわり、彦四郎、永倉、瀬川、安井、土屋、長杉の六人が裏手から踏み込むことになっていた。すでに、安井は長杉とともに隠居所の周辺を探っていたので、裏手の様子も知っていた。

彦四郎たちは、裏手から逃げようとする者を討ち取ることになるだろう。彦四郎は、渋沢を討つつもりで来ていた。

稲垣たちが主力で、総勢八人である。稲垣たちは足音を忍ばせ、板塀沿いを海側にむかった。一方、彦四郎たちは、家の裏手にまわった。

隠居所の裏手にも、板塀がまわしてあった。林間に小径があり、裏手の門の前につづいている。隠居所への出入りは、その門が使われているらしい。

「こちらです」

安井が小声で言って、裏門に近付いた。

簡素な門だった。丸太を二本立てただけの吹抜門《ふきぬきもん》で、門扉はなかった。外敵の侵入を防ぐための門ではないようだ。

安井が先にたって吹抜門に近付いた。隠居所の裏手には背戸があった。そこから、出入りできるようだ。

彦四郎たちは吹抜門から入り、門の脇にあった納屋の陰に身を隠した。

隠居所の裏手の右手は、台所になっているらしかった。左手には、座敷があるのだろうか。雨戸がとじてある。

隠居所は静かだったが、かすかに男の声や床板を踏むような音が聞こえてきた。渋沢たちであろう。その人声は遠いので、渋沢たちは隠居所の表の方の座敷にいるのかもしれない。

「……まだか」

永倉が昂った声で言った。気が逸《はや》るらしい。

「そろそろだな」

彦四郎たちは、稲垣たちが表から踏み込むのを待って、隠居所内に入ることになっていた。そして、裏手から逃げる者を討つのである。

そのとき、表の方で男の怒声や荒々しく床を踏む音などがひびいた。喊声《かんせい》も聞こえる。稲垣たちが、表から踏み込んだようだ。

「踏み込んだぞ！」

永倉が言った。

「よし、行くぞ」

彦四郎たちは、納屋の陰から出て背戸に近付いた。

背戸は引き戸になっていた。五寸ほどあいたままになっている。安井が戸を引くと、すぐにあいた。

隠居所のなかは薄暗かった。土間の先が板間になっている。右手が台所になっているらしく、土間に流し場や竈《へっつい》などが見えた。左手には板間の先に障子がたててあった。座敷があるらしい。

板間の正面に廊下があり、表につづいているようだった。男たちの怒声や物音は、廊下の先から聞こえてくる。

彦四郎たちは板間に上がり、抜刀した。どこから渋沢や梟組の者が飛び出してくるか、分からなかったのである。

7

廊下の先で、ドタドタと足音がした。

「来るぞ！」

永倉が声を上げた。

小袖に袴姿の男が、抜き身を引っ提げて廊下をこちらに走ってくる。裏手から、逃げるつもりらしい。

彦四郎たちは板間の左右に身を引き、男が近付いてくるのを待った。

「柴崎だ！」

土屋が言った。

「おれがやる」

永倉が抜刀し、廊下の出口近くに身を寄せた。

彦四郎も抜いた。安井、土屋も抜き、息をつめて走ってくる柴崎に目をむけている。

廊下から板間に出る手前で、ふいに柴崎が足をとめた。板間にいる彦四郎たちの姿が目に入ったのかもしれない。

「だ、だれだ！」

柴崎が声を上げ、廊下を後じさりした。

と、永倉が飛び出した。刀を低い八相に構えて、柴崎に急迫した。

柴崎は眼前にあらわれた永倉の巨軀を見て驚愕《きょうがく》に目を剝《む》き、一瞬、棒立ちになったが、反転して表にもどろうとした。

「逃がさぬ！」

永倉が叫びざま踏み込み、袈裟に斬り込んだ。

ギャッ！

と絶叫を上げ、柴崎が身をのけ反らせた。肩から背にかけて着物が裂け、血が奔騰した。深い傷で、柴崎の首が横にかしいでいる。

首筋から血が激しく飛び散り、障子にあたってバラバラと音を立てた。障子が、牡丹《ぼたん》の花弁でも散らすように赤い斑《まだら》に染まっていく。

柴崎はよろめいたが、すぐに腰からくずれるように転倒した。

廊下に伏臥した柴崎は、四肢を痙攣させていたが、起き上がる気配はなかった。

肩口からの出血が、廊下を赤く染めていく。

柴崎につづいて逃げてくる者はいなかった。表の方で、気合、怒号、刀身の弾き合う音などが聞こえてきた。稲垣たちと渋沢たちの闘いが始まったようだ。

「表へ行くぞ！」

永倉が叫んだ。柴崎を斬ったことで、気が昂っているらしい。

永倉に瀬川と安井がつづき、その後に彦四郎、しんがりが土屋だった。

彦四郎が小走りに表にむかっているとき、右手の障子のむこうにひとのいる気配がした。だれか、座敷に残っているらしい。

彦四郎は、足をとめて障子をあけた。なかはうす暗かった。人影がある。

……女だ！

丸髷で、小袖に帯だけの恰好だった。ほつれ毛が頰に垂れている。色の浅黒い痩せた女である。

「だれだ？」

彦四郎が誰何した。

「……じょ、女中の、みねで……」

女は、声を震わせて言った。

「下女のようです」

背後にいた土屋が言った。

彦四郎は、そのまま廊下を表に行こうとした。下女まで斬ることはないと思ったのである。

そのとき、女が顔を彦四郎にむけた。女の細い双眸に、強いひかりが宿っているように見えた。

……梟組の女では！

彦四郎は、里美がお花の命を狙ったのは、浅黒い顔をした目の細い女だと口にしていたのを思い出した。

彦四郎は座敷に踏み込み、

「花を狙ったのは、おまえか」

と、鋭い声で訊いた。

「……あ、あたし、お花という子は、知りません」

女が怯えたような顔をし、声を震わせて言った。

「それにしては、花が子供だとよく知っているな」

「…………！」

女の顔から怯えたような表情が消え、目がつり上がった。般若《はんにゃ》を思わせるような顔付きである。

女は後じさりながら、懐に手を入れた。何か武器を持っているらしい。

彦四郎は刀身を峰に返した。女はお花を殺すことができたのに、二度も殺さなかったという。彦四郎も、女を殺さずに生け捕りにしようと思った。

女は懐剣を手にし、切っ先を彦四郎の喉元にむけて腰を沈めた。小太刀の心得があるらしく、構えに隙がなかった。

彦四郎は、切っ先を女にむけながらジリジリと間合をつめた。

女は後じさった。彦四郎の剣尖の威圧に押されている。だが、すぐに女の踵が隣の部屋の襖《ふすま》に迫り、下がれなくなった。

「女、懐剣を捨てろ！」

彦四郎が声をかけた。

と、女が一歩踏み込み、ヤアッ！　と鋭い気合を発して、懐剣を突き出した。彦四郎の胸を狙ったらしい。

刹那、彦四郎は体《たい》をひらいて懐剣をかわし、刀身を横に払った。一瞬の太刀捌きである。

グッ、と女は喉のつまったような呻き声を上げ、左手で腹を押さえてうずくまった。彦四郎の峰打ちが、女の脇腹を強打したのだ。女は苦しげな呻き声を上げ、うずくまったまま体を顫わせている。

彦四郎は女の背後にまわり、後ろから女の手にした懐剣を奪いとろうとした。そのとき、女が手にした懐剣を己の胸に突き刺した。一瞬の動きだった。

……しまった！

彦四郎は、すぐに女の手から懐剣を奪いとった。

女の胸から血が迸り出た。胸に当てた女の左手が血に染まり、指の間から血が赤い筋を引いて流れ落ちた。

「女、名は？」

「せ、せつ……」

「なぜ、花の命を助けた」

彦四郎が訊いた。

「……あ、あの子が、お雪の面影と重なって……」

「お雪という子は、おまえの子か」

「そ、そう……」

おせつの体の顫えが激しくなった。胸からの夥《おびただ》しい出血が、赤い布でもひろげるように畳を染めていく。

「しっかりしろ！」

おせつは、うずくまっているのもやっとに見えた。

「お、お雪と、夫のところへ、行ける……」

おせつの体が前に傾き、肩から落ちるように倒れた。

「死んだ……」

彦四郎は、部屋の隅の衣桁にかけてあった小袖をおせつの体にかけてやると、廊下に飛び出した。

表で、気合や剣戟の音がひびいている。まだ、稲垣たちと渋沢たちの闘いはつづいているようだ。

8

彦四郎と土屋は、戸口から外に飛び出した。

隠居所の縁側の先に庭があった。そこで、稲垣たち討っ手がふたりの男を取りかこんで切っ先をむけていた。

……渋沢がいない！

その場に、渋沢の姿がなかった。

永倉、安井、長杉の三人もその場にいなかった。斬られたのか、と思って、周囲に目をやったが、庭の隅の松の樹陰にうずくまっている武士がひとりいるだけだった。永倉や安井たちの姿はない。

稲垣たちが取りかこんでいるのは、ふたりの町人体の男だった。

……梟組だ！

彦四郎は、ふたりの町人体の男に見覚えがあった。家老が襲われたとき、松の樹陰から弓で駕籠を射た男である。

彦四郎は稲垣の脇に走り寄り、

「渋沢は、どうした」

と、訊いた。

「砂浜の方へ逃げた。永倉どのたちが、追っている」

稲垣がうわずった声で言った。

彦四郎は、海岸の方に目をやった。松林の先に白砂の海岸がつづき、その先に江戸湊の海原がひろがっていた。陽が沈み、海岸は淡い夕闇につつまれている。白波が、黒ずんだ海面に白い縞模様を刻んでいた。

砂浜に黒い人影が見えた。四、五人いる。永倉たちらしい。

「砂浜に行くぞ」

彦四郎は、そばにいた土屋に声をかけて走りだした。

土屋は彦四郎の後についてきた。ふたりは庭から松林を走り抜け、砂浜に出た。

「あそこに、池田が!」

土屋が声を上げた。

波打ち際近くに、三人の男がいた。瀬川と安井が、池田の前後から切っ先をむけている。三人の手にした刀が群青色の海と淡い夕闇のなかに、銀色《しろがねいろ》にくっきりと浮かび上がっていた。池田は顔がひき攣り、腕や胸が血に染まっている。瀬川たちの斬撃をあびたらしい。

そこにも、渋沢と永倉の姿はなかった。

彦四郎は、瀬川たちが池田に後れをとることはないとみて、

「渋沢はどうした？」

と、瀬川は池田に訊いた。

瀬川は池田に切っ先をむけたまま、

「逃げました！　左手に」

と、声を上げた。

左手を見ると、砂浜の先に人影が見えた。ふたり――。永倉らしい武士がいる。

「土屋、瀬川たちに助太刀してくれ！」

と言い置き、彦四郎はひとり、左手に走った。

砂浜は走りにくかった。足が砂に埋まって、なかなか前に進まない。それでも、いっとき走ると、永倉と長杉の姿がはっきりしてきた。付近に、渋沢らしい人影はない。

永倉と長杉は、ちいさな桟橋の前に立っていた。そこは堀からつづく入り江になっていて石垣が積んであり、その先に桟橋があった。桟橋といっても、浅場に杭《くい》を打ち厚板を並べただけのもので、近所の漁師の舟を発着させるための桟橋らしい。舫《もや》い杭があったが、舟は一艘も繋がれていなかった。

「永倉、渋沢はどうした」

彦四郎が訊いた。

「逃げられたよ」

永倉が残念そうに言った。

永倉によると、戸口から庭に飛び出したとき、渋沢は稲垣たち数人にとりかこまれていたという。さすがの渋沢も、周囲から切っ先をむけられたために横薙ぎの太刀も遣えず、肩口に斬撃をあびて血に染まっていたという。

そこへ、永倉たちが姿を見せた。渋沢は永倉たちを目にすると、いきなりひとりに斬りかかって囲みを破り、松林のなかに逃げ込んだ。池田も、渋沢につづいて松林の方へ逃げた。

すぐに、永倉や瀬川たちは、渋沢と池田の後を追った。

「池田には追いついて、瀬川たちが取りかこんだが、渋沢は逃げたのだ」

永倉が渋い顔をして話をつづけた。

瀬川と安井に池田をまかせ、永倉と長杉が渋沢の後を追って、ここまで来たという。

「そこの桟橋に、小舟が一艘だけ繋いであったのだ。渋沢はその舟に乗って、向こう岸に渡った」

永倉が向こう岸を指差した。

小舟が一艘、水押しを砂浜に乗り上げてとまっていた。渋沢は舟から砂浜に飛び下りて、逃げ去ったらしい。

「水嵩は腰ほどだが、飛び込んで追うこともできず、渋沢の背を見送ることしかできなかった」

永倉が悔しそうに言った。

「やつは、まっすぐここに来たのか」

彦四郎が訊いた。

「そうだ」

「渋沢は、討っ手に踏み込まれときの逃げ道を用意しておいたのかもしれんぞ」

桟橋に舟が一艘しかないことも、水のなかに踏み込んで追うことができないことも渋沢は知っていたのかもしれない。

「おれも、そんな気がする」

かった。絶命したらしい。

永倉が言った。

「ともかく、隠居所にもどろう」

渋沢を追う手はなかった。

瀬川たちのところへもどると、砂浜に池田が血塗れで倒れていた。池田は動かなかった。絶命したらしい。

彦四郎たちは、隠居所の庭にもどった。闘いは、終わっていた。

庭で稲垣たちに取りかこまれていたふたりの町人体の男は、地面に横たわっていた。ふたりとも血塗れである。稲垣たちの斬撃をあびたらしい。また、松の樹陰にうずくまっていた男は、青村《あおむら》という討っ手のひとりだった。渋沢の斬撃をあび、肩から胸にかけて深く斬られていた。重傷である。

「逃がしたのは、渋沢ひとりか」

彦四郎が訊いた。

討ち取ったのは、梟組の三人、それに池田、柴崎である。

「渋沢ひとりでは、何もできまい」

永倉が言った。

「いや、まだ、大物が残っている。……田代忠次だ」

稲垣が虚空を睨むように見すえて言った。

辺りは、深い夕闇につつまれていた。隠居所は洩れてくる灯もなく闇のなかに黒く沈んでいる。

潮風が庭木を揺らし、砂浜に打ち寄せる波の音が絶え間なく聞こえていた。

第六章　魔剣

1

道場内に、門弟たちの気合がひびいていた。

川田清次郎《かわたせいじろう》、若林信次郎、佐原欽平など十人ほどの若い門弟が、午後の稽古が終わった後、居残りで素振りをしていた。

若い門弟たちの脇に、お花と里美の姿もあった。里美は隅で見ているだけだが、お花は門弟たちといっしょに竹刀を振っていた。お花は、ふだん稽古をするときの筒袖と短袴姿だった。竹刀は二尺ほどに短くしてある。

永倉は稽古着姿で竹刀を手にしていたが、素振りはせず、若い門弟たちに目をやっていた。彦四郎も、師範座所で門弟たちとお花の素振りを見ている。

そのとき、道場の戸口で足音が聞こえ、

「千坂どの！　おられるか」

と、いう声が聞こえた。

彦四郎が立とうとすると、

「おれが、見てくる」

そう言って、永倉が戸口にむかった。

すぐに、永倉が三人の武士を連れて入ってきた。稲垣、土屋、それに側役の松波である。

稲垣たち三人は、彦四郎に何か火急の話があって来たらしい。

「稽古は、それまで！」

彦四郎が門弟たちに声をかけた。門弟たちを帰し、道場で稲垣たちと話そうと思ったのである。

母屋で話してもいいのだが、彦四郎も永倉も稽古着を着替えねばならない。その間、稲垣たちを待たせておくより、道場の方がいいだろう。それに、若い門弟の素振りは終わりかけていたのだ。

彦四郎の声で、門弟たちはすぐに竹刀を下ろし、彦四郎と永倉に一礼して着替えの間に引き上げた。

里美もお花に近付き、

「花、わたしたちも、これまでにしましょう」

と声をかけ、稲垣たちに一礼してからお花を連れて道場から出ていった。

「お花どのは、稽古熱心でござるな」

松波が目を細めて言った。

「まだ、遊びですよ」

彦四郎は道場のなかほどに来て、

「腰を下ろしてください」

と、稲垣と松波に声をかけた。

永倉も腰を下ろし、五人の男は道場の床に車座になった。道場内には、門弟たちの汗の臭《にお》いと稽古の後の温気が残っていたが、武者窓から涼気をふくんだ秋風が入ってきて心地好かった。

「千坂どのと永倉どのに、話しておきたいことがあってまいった」

稲垣が切り出した。

「十日ほど前に、今里を捕えて吟味したのだ」

「それで、何か知れたのか」

彦四郎や稲垣たちが、芝の隠居所に踏み込み、池田や梟組の者たちを討って半月ほど過ぎていた。この間、彦四郎と永倉は、島中藩の騒動にはかかわらず、千坂道場で門弟たちとの稽古に専念していた。ただ、瀬川から、稲垣たちが今里を捕えて吟味していることは耳にしていた。

「今里がなにもかも話したのでな。だいぶ、様子が知れてきたのだ。……まず、梟組の三人だが、鳶山の久造、奈良林八助、それに女が猿沢のおせつと呼ばれていたようだ。三人とも、芝の隠居所に渋沢たちといっしょに身を隠していたらしい」

「おせつは若くなかったが、国許に家族をおいて出府したのか」

彦四郎が訊いた。おせつが里美やお花の命を狙い、しかも彦四郎の眼前で自害したこともあって、気になっていたのだ。

「いや、出府するときは、独り暮らしだったらしい。……おせつの死んだ夫が、梟組だったと聞いている。ひとり娘がいたようだが、娘も夫も何者かに胸を刺されて殺されたらしい」

「おせつは、いつ梟組にくわわったのだ」

夫といっしょに、梟組にいたとは思えなかった。

「おせつは、死んだ夫の跡を継いだようだ。梟組には女もいると聞いているので、おせつが梟組にくわわっても不思議はない」

「そうか」

彦四郎は、おせつが今わの際に、お雪と夫のところに行ける、と口にした言葉が理解できた。おせつは、死んだ娘と夫のことを思い浮かべたにちがいない。おせつがお花を殺せなかったのは、死んだお雪という娘の面影が、お花と重なったからであろう。

「それで、田代が執拗にご家老の命を狙ったのは、どういうわけだ」

永倉が訊いた。

彦四郎は稲垣に目をやった。そのことが、ずっと胸にひっかかっていたのである。

「田代は、次席家老か江戸家老に栄進できるよう、国許の城代家老や重臣たち、それに殿や奥向きにも働きかけていたらしい。……ところが、次席家老はまだ若い上に、城代家老とは縁戚関係にあるのだ。そのため、田代は次席家老はあきらめ、江戸家老の座を狙ったらしい」

「うむ……」

田代は、出世欲の強い男らしい、と彦四郎は思った。

「だが、田代は江戸家老に栄進するどころか、側用人の座さえあやうくなってきた。そうなった原因は、長太郎君の剣術指南役をめぐって田代が奸策《かんさく》を弄《ろう》したことにある。……長太郎君の剣術指南役を決める際、鬼斎流一門は千坂どのたちの命を狙う卑劣な手段までとったが、殿の強い御意向で千坂どのたちにお願いすることになった。それで、鬼斎流を強く推していた田代の立場がなくなったばかりか、殿の覚えも悪くなったようだ」

「それで」

彦四郎は話の先をうながした。

「追いつめられた田代は、ご家老をひそかに始末しようと考えたらしい」

「ご家老がいなくなれば、自分が家老の座に就けるとみたのか」

永倉が腹立たしそうに言った。

「そうらしい。……田代はどんなことがあっても、己が表に出るのはまずいと思い、国許からひそかに鬼斎流の渋沢と宇津、それに梟組の三人を出府させたようだ。田代は、鬼斎流一門には顔がきく。……家中の者にも知れずに、渋沢や梟組の者を出府させることができたようだ」

稲垣が話し終えると、松波がちいさくうなずいた。

「ところで、田代はどうなるのだ」

永倉が訊いた。

「まだ、吟味の途中でな。殿にも、くわしいことは申し上げていないのだ。……ただ、田代は三日前から、病を理由に上屋敷内の固屋に引きこもっている」

松波が言った。

「田代は、ご家老の一行を襲って命まで狙ったのだ。……軽い罪ではあるまい」

永倉がもっともらしい顔をして言った。

「何とも言えぬが、切腹はまぬがれまいな」

そう言って、松波が膝先に視線を落とした。やっと、田代をここまで追い詰めたという気持ちはあるのだろうが、何人もの藩士が命を落とし、生き残った者は処罰せねばならない。どうしても、気は重くなるようだ。

道場内が重苦しい沈黙につつまれたとき、

「……ところで、渋沢の行方は分かったのか」

彦四郎が稲垣に訊いた。

「それが、まだ分からないのだ」

稲垣が顔をひきしめて言った。

「国許に帰ったのではないのか」

脇から、永倉が口をはさんだ。

すると、これまで黙って話を聞いていた土屋が、

「まだ、江戸にいるようです。……目付筋の者が、町筋で渋沢らしい男を見かけたらしいのです」

と、小声で言った。

土屋が話したところによると、目付筋の者が日本橋通りの人混みのなかを歩いているとき、渋沢らしい武士を目にし、跡を尾けたが、行き交う人々に紛れて見失ったという。

「おれも、渋沢は江戸にいるような気がする」

彦四郎が言った。

「いまさら足掻《あが》いても、どうにもならんだろう」

と、永倉。

「まァ、そうだが、渋沢にはこのまま国許に帰れない理由があるにちがいない」

渋沢には、剣に生きる者の意地があるのだ、と彦四郎は思った。渋沢にとって、鬼斎流と一刀流の勝負を決するまでは、国許に帰れないだろう。

……ちかいうちに、渋沢はおれか義父上に勝負を挑んでくる。

と、彦四郎は胸の内で思った。

2

「お師匠、今日は願いの筋があってまいりました」

そう言って、瀬川が彦四郎に頭を深々と下げた。

千坂道場だった。午後の稽古が終わり、若い門弟も帰った後、瀬川が土屋を連れて道場に姿を見せたのだ。

永倉も道場に居合わせ、彦四郎の脇に座していた。

「願いとは？」

彦四郎が訊いた。

すると、土屋が身を乗り出すようにして、

「千坂道場の門弟にしていただきたいのです」

と、彦四郎を見つめて言った。

「かまわないが、稲垣どのにも話したのか」

土屋は、稲垣の配下だった。稲垣の許しを得ずに、勝手に町道場の門弟になるのはまずいだろう。

「稲垣さまには、許しを得てあります」

土屋が言った。

「そうか。……ところで、藩邸から通うつもりなのか」

土屋は、愛宕下にある上屋敷に住んでいるはずだった。愛宕下から道場に通うのは遠過ぎる。

「それがし、土屋といっしょに住むことになりました」

すぐに、瀬川が言った。

「それはいい」

瀬川は馬喰町の町宿に住んでいた。それに、いま独り住まいである。土屋がいっしょに住むようになれば、瀬川にとっても都合がいいだろう。

彦四郎と土屋たちのやり取りを聞いていた永倉が、

「よし、明日から道場に通え。おれが、稽古をつけてやる」

と、声を大きくして言った。

「ありがとうございます」

土屋が彦四郎と永倉に頭を下げたときだった。

道場の戸口に慌ただしく駆け込む音がし、

「お師匠！　大変です」

と、うわずった声が聞こえた。

すぐに、道場に座していた彦四郎たち四人は立ち上がった。

戸口には、若い門弟の若林が、肩で息をしながら蒼ざめた顔で立っていた。左腕をだらりと垂らしている。

「どうした、若林」

　彦四郎が訊いた。

「た、大変です。佐原が……」

　佐原は、千坂道場の若い門弟である。若林といっしょに午後の稽古を終えて道場を出たはずである。

「お、襲われました」

「襲われたと！」

　またか、と彦四郎は思った。

「それがしといっしょに、柳原通りで……」

　若林が、自分も木刀で左腕を打たれたことを話した。腕が垂れているのは、骨が折れているからであろうか。

「だれが、襲ったのだ」

　彦四郎が訊いた。

「な、何者か、分かりません。体の大きな武士でした。……い、いきなり、柳の陰から出てきて、千坂道場の門弟か訊いてから、木刀で殴りつけたのです」

若林が、声を震わせて言った。

……渋沢だ!

彦四郎は直感した。

「柳原通りの、どの辺りだ」

「……和泉橋の近くです」

「あやつ、まだ門弟を狙っているのか!」

思わず、彦四郎は怒りの声を上げた。

和泉橋の近くで、門弟の前園や池谷が襲われて斬殺されたことが彦四郎の胸をよぎったのだ。

「若林、和泉橋まで行けるか」

「はい」

「行ってみよう」

彦四郎と永倉はすぐに道場にもどり、刀だけ手にして若林とともに道場を出た。

柳原通りに出るとすぐに、若林が、

「あそこです」

と言って、和泉橋の方を指差した。

橋のたもと近くの岸際に、人だかりができていた。通りすがりの者たちが、足をとめて集まっているようだ。

彦四郎たちが人だかりのそばに走り寄ると、

「前をあけてくれ！」

と、若林が声をかけた。

すぐに、集まっていた野次馬たちは後ろに身を引いた。

岸際の叢に、佐原がへたり込んでいた。佐原は顔をゆがめ、苦しげな呻き声を洩らしていた。右手で、左の脇腹を押さえている。髷の元結が切れてざんばら髪で、襟元がはだけていた。無残な恰好である。ただ、どこにも血の色はなかった。

「佐原、どうした」

彦四郎が訊いた。

「わ、脇腹を、木刀で打たれました。う、動くと、痛くて……」

佐原の額に脂汗が浮いている。

「肋骨が折れたか」

彦四郎は、痛いだろうが、命に別状はないようだと思った。木刀を遣っての稽古のとき、誤って木刀で打ってしまうことがあるが、頭を強打したり、喉を突き破ったりしなければ、命にかかわるようなことは滅多にない。

永倉も、佐原の命に別状はないと思ったのか、

「さァ、行った。行った。……たいしたことではない。転んで、打っただけだ」

そう声を上げて、集まっていた野次馬たちを追い払った。

彦四郎は佐原の右腕を取り、

「立ってみろ」

と、声をかけた。

彦四郎は、佐原をこのままにしておくわけにはいかないと思った。辻駕籠を呼ぶことも考えたが、駕籠で揺られれば歩くより痛むかもしれない。

「は、はい」

佐原が顔をしかめて立とうすると、永倉が佐原の後ろにまわり、腰の辺りを両手で支えて立たせてやった。

「脇腹を動かさないように歩いてみろ」

永倉が言った。

「…………」

佐原が、そろそろと歩いた。

「あ、歩けます」

「家まで送ってやろう」

彦四郎は、永倉とふたりで佐原を家まで送ってやることにした。佐原の家は、御《お》徒町《かちまち》にあったので、和泉橋を渡ればすぐである。

和泉橋を渡ったところで、

「相手は、大柄な武士だそうだな」

と、彦四郎が訊いた。

「は、はい、いきなり手にした木刀で、打ちかかってきました」

武士はまず若林の左腕を打ち、さらに逃げようとして腕を上げた佐原の脇腹を打ったという。

「……早業でした」

佐原が言うと、若林が、

「刀を抜く間もなかったのです」

と、言い添えた。

「そやつ、刀は抜かなかったのだな」

「は、はい」

「殺す気はなかったらしい……」

渋沢は千坂道場の門弟の命を狙ったわけではない、と彦四郎は思った。

彦四郎が口をつぐむと、

「その男が、お師匠に、三日後の暮れ六ツ（午後六時）、馬喰町の馬場に来るように伝えろ、と言っていました」

佐原が歩きながら言った。

「なに、馬場に来いとだと！」

果たし合いの伝言だ、と彦四郎は直感した。同時に、渋沢が若林と佐原を木刀で襲った理由が分かった。

渋沢は、佐原たちに果たし合いの伝言をさせるとともに、来なければ、また門弟たちを襲うと脅しているのだ。

「千坂、どうする気だ」

永倉が、彦四郎に身を寄せて訊いた。永倉も、佐原の話を聞いて、渋沢の意図が分かったらしい。

「やるしかあるまい」

渋沢とは、いつか決着をつけねばならない、と彦四郎は思っていた。

3

藤兵衛は彦四郎に身を寄せると、

「彦四郎、わしが立ち合ってもいいぞ」

と、小声で言った。いつになく、けわしい顔をしている。

佐原と若林が、渋沢に襲われた翌日だった。藤兵衛が道場に姿を見せ、永倉から、佐原たちが渋沢に襲われ、彦四郎が渋沢と立ち合うつもりでいることなどを聞いたのだ。

道場内にいるのは、彦四郎、藤兵衛、永倉の三人だった。七ツ半（午後五時）ごろだった。門弟たちの姿はなく、道場の隅に夕闇が忍び寄っている。

「わたしに、やらせてください」

彦四郎には、千坂道場の主として渋沢に挑まれたという気持ちがあった。それに、彦四郎の胸の内には、渋沢と決着をつけたいという思いもあったのだ。

「ならば、彦四郎にまかせるが……。まだ、この前の稽古が終わっていなかったな」

藤兵衛が言った。

彦四郎は、藤兵衛と横薙ぎの太刀を破る工夫をしたことを思い出した。やり始めたときに、津本が道場に飛び込んできて、そのままになっていたのだ。

「お願いします」

すぐに、彦四郎が言った。

彦四郎と藤兵衛は木刀を手にし、およそ四間の間合をとって対峙した。永倉は道場の隅に立って、ふたりに目をむけている。

「わしが、横薙ぎの太刀を遣う」

藤兵衛は、木刀の先を右手にむけて、ほぼ胸の高さでとめた。木刀が真横をむいている。横薙ぎの太刀の構えである。

対する彦四郎は青眼に構え、切っ先を藤兵衛の目線につけた。腰の据わった隙のない構えである。

「行くぞ！」

藤兵衛が足裏を摺るようにして間合を狭め始めた。

……面があいている。

だが、面の隙は誘いだ、と彦四郎は承知していた。面に斬り込めば、切っ先が面にとどく前に胴を払われるのだ。

……やはり、胴を払わせてから、斬り込むしかない。

と、彦四郎は思った。

藤兵衛は一足一刀の間合に踏み込むや否や、鋭い気合とともに木刀を横に払った。

一瞬、彦四郎は身を引いて、木刀の先をかわし、
トオッ！

鋭い気合を発し、踏み込みざま面へ打ち込んだ。

刹那、藤兵衛の木刀が彦四郎の首筋に迫った。彦四郎の打ち込みより、藤兵衛の

二の太刀の方が迅かった。藤兵衛は木刀を返さず、彦四郎の首を狙って撥ね上げたからだ。それに、彦四郎の木刀は藤兵衛の面までとどかなかった。

「だめです！」

彦四郎が顔をけわしくして言った。

「もう一手！」

藤兵衛が声を上げた。

「はい」

彦四郎は、ふたたび藤兵衛と四間ほどの間合をとって対峙した。

ふたりの間合が斬撃の間境に迫ると、今度は彦四郎から仕掛けた。藤兵衛が横に払う瞬間をとらえ、左腕を狙って打ち込んだのである。

だが、彦四郎の木刀は藤兵衛の左腕までとどかず、藤兵衛の横に払う横薙ぎの太刀を脇腹に受けた。ただ、藤兵衛は手の内を絞って木刀をとめたので、彦四郎が実際に腹を打たれることはなかった。

「切っ先が、とどきません」

彦四郎が言った。

「三尺余の長刀に合わせて、間合を遠くとっているからだ。それに、横薙ぎの太刀を恐れて、どうしても踏み込みが浅くなる」

「………！」

だが、彦四郎が間合をつめれば、渋沢が先に横薙ぎの太刀をふるうだろう。

「彦四郎、横薙ぎの太刀を受けるしか手はないかもしれんぞ」

藤兵衛が言った。

「受ける！」

「そうだ。……横薙ぎの太刀がどうくるか、分かっているのだ。……迅くとも、受けることができるのではないか」

「やってみます！」

彦四郎は、藤兵衛と四間ほどの間合をとって対峙した。

藤兵衛は横薙ぎの太刀の構えをとると、すぐに間合を狭めてきた。

一足一刀の間境に迫るや否や、

タアッ！

藤兵衛が鋭い気合を発し、木刀を横一文字に払った。

すかさず、彦四郎は一歩身を引いて、藤兵衛の木刀をかわすと、青眼に構えていた木刀を右脇に引いて立てた。

瞬間、戛《かっ》、という乾いた音がし、藤兵衛の木刀がとまった。彦四郎の木刀が、横薙ぎの太刀の首への打ち込みを受けたのである。

だが、彦四郎は、一瞬遅れたことを感知した。藤兵衛が首を狙って撥ね上げる二の太刀をわずかに遅らせたために、受けられたことが分かったのである。

「遅い！」

藤兵衛が鋭い声で言った。

藤兵衛の顔がひきしまり、双眸が燃えるようにひかっている。その顔は、彦四郎が門弟だったころ、藤兵衛が彦四郎に稽古をつけたときのものだった。いま、ふたりは師弟になりきっている。

「はい！」

彦四郎は藤兵衛と対峙すると、青眼に構えて切っ先をむけた。

ふたりは繰り返し繰り返し、横薙ぎの太刀を破る工夫をつづけた。藤兵衛が疲れてくると、永倉が代わった。

やがて、道場内は夜陰につつまれたが、三人は木刀を下ろさなかった。道場の隅に燭台が置かれ、淡い明かりのなかで、三人は繰り返し横薙ぎの太刀に挑みつづけた。

4

陽が沈み、馬場は淡い夕闇につつまれていた。

彦四郎と藤兵衛は、松の幹の陰に立っている人影を目にした。その松は馬場と通りの間に植えられたもので、並木のようにつづいている。

彦四郎たちがいるのは馬場の脇の通りだが、馬を出入りさせる場になっていて人家はなかった。

「渋沢だ！」

彦四郎は、その巨軀に見覚えがあった。

彦四郎と藤兵衛は、ゆっくりと人影の方に近付いた。藤兵衛は検分役として、彦四郎に同行したのである。

永倉は馬場までいっしょに来たが、この場にはいなかった。近くの物陰から様子を見ているはずである。

道場から馬場に向かうとき、永倉が、おれも行く、と言い出した。だが、渋沢との立ち合いに、三人で行くわけにはいかない。そんなことをすれば、他流試合に千坂道場は三人がかりで相手したと言われ、笑い者になる。

渋沢は樹陰から出ると、彦四郎たちの前に立った。双眸が、射るような鋭いひかりを宿している。

「ふたりで、立ち合うつもりか」

渋沢が、彦四郎と藤兵衛を睨むように見すえて言った。

「わしは、検分役だ。……腰を見たら分かろう」

藤兵衛が、左手を腰に当てた。無腰である。藤兵衛は、大小を差してこなかったのだ。

「よかろう」

渋沢は肩にかけていた羽織を取ると、通りの脇の叢に置いた。すでに、襷で小袖の袖を絞ってある。

彦四郎も、同じように肩にかけていた羽織をとった。やはり、襷で両袖を絞っていた。

彦四郎と渋沢はすばやく袴の股だちを取ると、抜刀して切っ先をむけ合った。すぐに、藤兵衛は対峙したふたりから身を引いた。通りの脇まで離れて、ふたりに目をやっている。

彦四郎と渋沢の立ち合いの間合は、およそ四間半――。遠間である。

渋沢は刀を引いて、切っ先を右手にむけた。腰を沈め、刀身を胸の高さで水平にとり、真横をむけている。横薙ぎの太刀の構えである。

対する彦四郎は青眼に構え、切っ先を渋沢の目線につけた。隙のない腰の据わった構えである。

ふたりの刀身は、ピクリとも動かなかった。淡い夕闇のなかで、青白くひかっている。ふたりは、全身に気勢を込め、斬撃の気配を見せながら気で相手を攻めていた。気攻《きぜ》めである。

渋沢の構えは面ががらあきだったが、彦四郎は面は意識せず、渋沢の気の動きを読んでいた。

「いくぞ！」

渋沢が先に動いた。

ズッ、ズッ、と渋沢の足元で、足裏を地面に摺る音が聞こえた。腰を沈めたまま間合をつめてくる。

渋沢の体の揺れは、まったくなかった。真横に伸びた長刀が青白くひかり、淡い夕闇のなかを滑るように迫ってくる。

一方、彦四郎は動かなかった。気を静めて、渋沢との間合と斬撃の起こりを読んでいる。ふたりの間合が狭まるにつれ、渋沢の全身から痺《しび》れるような剣気がはなたれ、斬撃の気配が高まってきた。

ふいに、渋沢の寄り身がとまった。斬撃の間境の一歩手前である。

……まだ、遠い！

彦四郎は頭のどこかで、この遠間からでは受けられぬ、と感知した。

渋沢の斬撃の気が高まった。いまにも、斬り込んできそうである。

ピクッ、と刀の柄を握った渋沢の左拳が動いた。刹那、渋沢の全身に斬撃の気がはしった。

……くる！

察知した彦四郎は、わずかに身を引いた。

次の瞬間、渋沢の巨軀が躍動した。

イヤアッ！

裂帛の気合がひびき、閃光がはしった。

横一文字に――。長刀の切っ先が、彦四郎の胴を襲う。

だが、彦四郎がわずかに身を引いていたため、切っ先は胴をかすめて横に流れた。

次の瞬間、閃光が反転した。首を狙った横薙ぎの太刀である。

刹那、彦四郎は刀を右脇に引きざま刀身を立てた。

ガチッ、と金属音がひびき、彦四郎の刀身と渋沢の長刀が、縦横のまま合致してとまった。

……受けた！

と察知した瞬間、彦四郎は後ろに跳びながら、渋沢の籠手を狙って斬り下ろした。

一瞬の太刀捌きである。

ザクッ、と渋沢の右の前腕が縦に裂けた。

渋沢は、すばやい動きで後じさり、ふたたび長刀の切っ先を右手にむけ、横薙ぎの太刀の構えをとった。

渋沢の右腕が血に染まり、赤い筋を引いて流れ落ちている。

「お、おのれ！」

渋沢の顔が怒張し、ふくれたように見えた。双眸が猛虎のように炯々《けいけい》とひかり、顔が赭黒く染まっている。

……勝てる！

と、彦四郎は思った。

渋沢の右手の傷は、それほどの深手ではなかった。だが、渋沢は横薙ぎの太刀を受けられ、右腕を斬られたことで動揺していた。肩に力が入り、横にむけた刀身が震え、青白い光芒《こうぼう》のように夕闇のなかでにぶくひかっている。

渋沢は、横薙ぎの太刀の構えをとったまま動かなかった。己の昂った気を静めているのだ。平常心を失い、気の昂りで体が力んでいることに気付いたようだ。平常心を失うと、読みを誤り一瞬の反応をにぶくする。

……先《せん》をとる！

彦四郎は、青眼に構えたまま渋沢との間合をつめ始めた。

渋沢は動かなかった。彦四郎との間合を読み、横薙ぎの太刀をはなつ機をとらえようとしている。

ふたりの間合が、しだいに狭まってきた。痺れるような剣気と、時のとまったような静寂がふたりをつつんでいる。

ふいに、彦四郎の寄り身がとまった。一足一刀の斬撃の間境の半歩手前である。一合したときより、半歩近かった。

……初太刀を受ける！

彦四郎は、渋沢の横薙ぎの太刀、胴を狙って払う初太刀を受けるつもりだった。

ふたりは、全身に気勢を込め、斬撃の気配をみせながら気で攻め合った。いっとき気攻めがつづき、渋沢の横に伸ばした刀身が力みで揺れた瞬間――。

つッ、と彦四郎が切っ先を前に伸ばした。斬撃の気配を見せたのである。

次の瞬間、渋沢の全身に斬撃の気がはしり、体が躍動した。

イヤアッ！

裂帛の気合と同時に、横一文字に閃光がはしった。

胴へ——。横薙ぎの太刀である。

間髪をいれず、彦四郎は腰を沈め、刀身を引きざま脇に立てた。

ガキッ、という金属音が彦四郎の鍔元でひびき、ふたりの刀身が嚙み合って静止した。胴を狙った渋沢の初太刀を受けたのである。

次の瞬間、彦四郎は鋭い気合をはなち、後ろに跳びざま渋沢の籠手を狙って斬り下ろした。

すかさず、渋沢も後ろに跳んだ。彦四郎の籠手斬りをかわそうとしたのである。

だが、一瞬、遅れた。

骨肉を截断《せつだん》するにぶい音がし、渋沢の右腕がだらりと垂れ下がった。皮を残して截断されている。

グワッ！　という呻き声を上げ、渋沢は後じさった。截断された腕から、血が赤い筋を引いて流れ落ちている。

渋沢の顔が、恐怖でゆがんだ。渋沢は左手で刀を持っていたが、構えることもできなかった。

彦四郎はすばやい足捌きで渋沢に身を寄せ、

エイッ！

と短い気合を発しざま、真っ向に斬り下ろした。

恐怖にゆがんだ渋沢の顔に、血の線が縦にはしった。次の瞬間、顔面から血飛沫が飛び散った。

渋沢の顔が血塗れになり、剥き出した歯と瞠いた大きな目玉が白く浮き上がったように見えた。閻魔のような顔である。

渋沢は、血を撒きながらよたよたと後じさった。渋沢は踵を地面から出ていた石に取られ、腰からくずれるように転倒した。

地面に横臥《おうが》した渋沢は動かなかった。顔面と右腕から流れ出た血が、渋沢の巨軀をつつむように赤くひろがっていく。

……横薙ぎの太刀を破った！

彦四郎は、横たわった渋沢の脇に立って、ひとつ大きく息を吐いた。気の昂りと、体を駆け巡っていた血の滾《たぎ》りが、すこしずつ収まってくる。

そこへ、藤兵衛が走り寄った。

「彦四郎、みごとだ」

藤兵衛が声をかけた。

「……義父上のお蔭です」

本音だった。彦四郎は、渋沢に勝てたのは藤兵衛や永倉と横薙ぎの太刀を破る工夫をしたからだと思った。

「うむ……」

藤兵衛は目を細めて、彦四郎は、わしを超えたようだ、とつぶやいたが、声にはならなかった。

そのとき、彦四郎の背後で、ドタドタと足音が聞こえた。

「永倉だ……」

彦四郎は永倉の方に体をむけた。

熊のような巨体が、夕暮れのなかを慌てた様子で走ってくる。

解　説

縄田一男

『剣客春秋　里美の恋』からスタートして『同　縁《えにし》の剣』まで全十一巻、好評のうちに完結した〈剣客春秋〉シリーズ。

さて、こうなってくると読者も藤兵衛をはじめとしたレギュラー・メンバーと別れがたく、作者は否が応でも続篇の執筆を強いられることになる。

こうして生まれた〈剣客春秋親子草〉も第一弾の『恋しのぶ』、第二弾の『母子《おやこ》剣法《けんぽう》』に続いて、本書『面影に立つ』で第三弾を数えるに至った。

いまや、剣豪小説の第一人者になった感のある鳥羽亮のことゆえ、その凄絶な剣戟描写には定評がある。

しかしながら、この剣戟描写を〈動〉の場面とすると、当然ながら〈静〉のそれも必要となってくる。

私は、この解説で少しばかり後者のことを考えてみたいと思うのだ。

これから本書の核心の部分に入るので、解説の方を先に読んでいる方は、ぜひともまず作品のページを繰られることをお勧めする。何しろ面白さは一二〇パーセント保証つきなのだから。

さて、それでは、作品の中から静の場面を抜き出してみると――。

物語の骨子は、千坂道場が、島中藩の剣をめぐる御家騒動に巻き込まれ、彦四郎らが血刃をふるうことを余儀なくされるというものである。

その中で、京橋、水谷町の料理屋、「浜豊」の二階の座敷で、彦四郎と五人の侍――特に江戸勤番の目付組頭――稲垣平十郎らが敵の動行を推理していく場面はどうであろうか。

話し合いの中で、敵の黒幕や梟組の存在が次第に明確になっていくわけだが、ここでじわりじわりと盛り上がっていくのは、唯《ただ》ならぬ敵と対峙しているというサスペンスであり、これから物語がどう展開していくのかという期待である。

そして、こうした静の場面における伏線があるからこそ、動＝剣戟場面が活きてくるのではあるまいか。

その最たるものが「第四章　横薙ぎの太刀」における千坂ファミリー襲撃の場面であろう。

この剣戟シーンは本書の中でも最も長く迫力のあるものだが、緊張の糸一糸乱れずここまでの剣戟シーンが書ける作家はそうそういるものではない。

私などは、古い話になるが、柴田錬三郎が『剣は知っていた』のチャンバラシーンを描く時に吉川英治の『宮本武蔵』の一乗寺決斗のくだりの長さを調べ、新聞で一週間以上殺陣の場面を続けたエピソードを思い出してしまった。

そして、この剣戟シーンで面白いのは、彦四郎vs宇津、藤兵衛vs両刃の魔剣をつかう渋沢、里美vs御家人風の武士と三者三様の殺陣を興味津々に描きながら、さらにもう一つ――お花の位置にまで、正確に言及している点である。

鳥羽亮は書いている――「もうひとり町人体の男は、匕首《あいくち》を手にし、お花に近付こうとしていた。初めから、この男はお花を狙っていたようだ。／だが、男はお花に近付けなかった。お花は里美と彦四郎の間に入り、しかもふたりが刀をふるえるだけの間をとっていた。子供ではあるが、お花は父と母が敵と対峙し、刀をふるえるだけの間をとらなければ、闘えないことを知っていたのだ」

女といえども、剣客の子、恐るべし！

そして、あらゆる剣豪小説で、ここまで書いた作家を私は知らない。

従って鳥羽亮も恐るべし！

このような動の場面は、先程、記した静の場面があるからこそ、これほど栄えるのではあるまいか。

さらにもう一つ言及しておきたいのは、この作品の『面影に立つ』という題名についてである。

この意味は作品を半ばまで読まないと分からない。

鳥羽亮作品の魅力は、冷酷非情な敵役の中にも熱い血の通った人間がいることである。

この作品でそれは、お花の殺害を企てる梟組のせつである。彼女は使命を果たそうとしても、哀しい過去の〝面影〟にとらわれて――いや、もうこれ以上は書くまい、書くまい。

そして、この犠牲の多かった闘いの果て、彦四郎はクライマックスにおいて遂に魔剣の遣い手と対峙することになるが――。

さて、私はいつも鳥羽作品を読むとき、作中に登場する剣客たちを往年の時代劇スターに当てはめながら読んでいるのだが――現在の役者でないのが哀しい――魔剣の使い手、渋沢は、絶対、近衛十四郎であろう。

あのような凝った豪剣をふるえるのは　まずもって彼ぐらいしかいないだろう。

これらの魅力を満喫できる〈剣客春秋親子草〉、親子三代の活躍を描いて、これからも読者の支持を得ていくに違いない。

そして、鳥羽亮ファンにちょっと嬉しいお知らせがある。

作者の久々の単行本『妻恋坂情死行』（幻冬舎）のことである。

この作品、これまでの鳥羽亮作品とはまったく違った、愛し合う者の青春の転落劇で、あたかも歌舞伎にでもかけたいような一巻なのである。

ことの発端は、伊庭道場でも凄腕の青年剣士小暮京四郎が、野犬に襲われていた巻枝家の娘ふさを助けたこと。

この時から二人は恋に狂った。しかし巻枝家は当主の放蕩がたたって没落。京四郎とふさとの逢びきは不行跡と見なされて、京四郎の兄豊之助の小納戸入りは立ち消えとなってしまう。

もはや、家に帰ることも許されぬ京四郎はふとしたことから彼を目の敵にする道場仲間を殺害。

そして、京四郎は吉原へ売られたふさと会うために夜な夜な辻斬りを繰り返すようになる――。このような二人に明るい未来の待っているはずもなく、敢えて、大殺陣を封じたラストまで、読者は、これまでとはまったく違った鳥羽作品と出会うことになろう。

私の説明だけでは、その凄さは伝わらないと思うので、読者諸氏よ、とく、書店へ走られよ。

――文芸評論家

この作品は書き下ろしです。

剣客春秋親子草《けんかくしゅんじゅうおやこぐさ》

面影《おもかげ》に立《た》つ

鳥羽亮《とばりょう》

平成26年12月5日　初版発行

発行人――石原正康
編集人――永島賞二
発行所――株式会社幻冬舎
〒151-0051東京都渋谷区千駄ヶ谷4-9-7
電話　03(5411)6222(営業)
　　　03(5411)6211(編集)
　振替00120-8-767643
印刷・製本―株式会社　光邦
装丁者――高橋雅之

検印廃止
万一、落丁乱丁のある場合は送料小社負担でお取替致します。小社宛にお送り下さい。

本書の一部あるいは全部を無断で複写複製することは、法律で認められた場合を除き、著作権の侵害となります。

定価はカバーに表示してあります。

Printed in Japan © Ryo Toba 2014

幻冬舎時代小説文庫

ISBN978-4-344-42289-6　C0193　と-2-31

幻冬舎ホームページアドレス　http://www.gentosha.co.jp/
この本に関するご意見・ご感想をメールでお寄せいただく場合は、
comment@gentosha.co.jpまで。